Route du Hellen

F-M. Pailler

Route du Hellen

Roman

LE LYS BLEU
ÉDITIONS

ISBN : 979-10-422-2511-7

Route du Hellen

Laissez vivre les fleurs,
Le temps qui est le leur.

15 août, jour du Pardon, à Notre Dame de Bon Secours.

Les cloches sonnent à toute volée et ce n'est plus Jean qui, en tirant sur une corde de toutes ses forces, les a mises en route, non, le progrès fait que maintenant, c'est une minuterie qui les déclenche comme pour l'angélus de 18 heures.

Yves-Marie, le petit-fils d'Yves, le fils de sa plus jeune fille Marylène, qui habite Mez Lan chez ses parents, marche d'un bon pas car il sait que pour le Pardon, à la chapelle de Kersaint, les places sont « chères ». Certains se les attribuent d'office, par héritage, par transmission de génération en génération et il serait mal venu qu'il ose s'asseoir là où la famille Ruché a l'habitude de le faire : le troisième rang à droite, face à l'autel. À l'origine, le grand-père Ruché se mettait là parce que « paresseux de l'oreille droite », comme on disait, en raison de séquelles de la Grande Guerre où il avait été gazé, il n'y avait que l'oreille gauche qui lui permettait d'entendre le sermon du prédécesseur de ce prêtre rubicond et pléthorique qui, avant de monter en chaire, s'autorisait une prise de tabac gris. Il s'en débarrassait bruyamment dans son mouchoir en arrivant en haut de l'escalier en bois, escalier grinçant et mangé par les verres, que l'on craignait toujours de voir s'effondrer sous son poids.

Monsieur le Recteur, peu affable, « torchait » son homélie, louant une année sur deux Notre Dame de Bon Secours, reconnue pour venir en aide aux marins en perdition mais aussi à tous les fidèles en difficulté ou Sainte Haude, la sœur de Tanguy qui, en frère aîné responsable de sa moralité, mécontent de sa conduite pendant son absence, selon des ragots de leur marâtre, lui avait tranché la tête.

Yves-Marie, pour raccourcir son chemin et arriver à l'heure, voire en avance, a pris la route du Hellen qui débouche sur la place Sainte Haude, aujourd'hui encombrée de voitures. Quelle différence avec, il y a quarante ans, quand il se promenait avec sa grand-mère ou faisait du vélo. Le chemin du Hellen était calme et on y rencontrait plus volontiers une charrette à cheval transportant du foin, la récolte de pommes de terre ou de betteraves et on pouvait aussi y croiser de bon matin « la Colonelle », on aurait dû dire « l'Amirale », à cheval qui venait donner des ordres ménagers à sa « carabassen », sa « gouvernante » en français qui habitait le quartier de Kerbriec.

Elle avait la réputation de donner de grandes réceptions dans sa maison, face au château, auxquelles Yves-Marie n'avait jamais été convié en raison de la différence de classe sociale. Il se disait qu'elle aimait l'entrain viril des jeunes officiers sortant de l'École navale et que l'Amiral fermait les yeux quand il était en mer… Il se souvenait également avec amusement que l'on guettait son passage pour récolter de quoi fumer les rosiers et sa monture était très généreuse dans ce domaine et parsemait volontiers son trajet !

Yves-Marie, en reprenant au retour la route du Hellen, fredonnait le « Santez Anna » que la chorale locale avait chanté avec vigueur et enthousiasme au moment où les bannières portées par les costauds du pays, son grand-père en faisait partie autrefois, suivies par la Croix, les servants de messe, le Recteur et les Vicaires redescendaient l'allée centrale.

Il pensait qu'il était bien que l'on ait gardé les traditions et notamment celle d'écouter les conteurs les soirs de fête et de se réunir le plus souvent possible autour d'un feu.

Comme ça, en écoutant les plus anciens qui parlaient en breton, on savait ce que sa mère avait appris de sa mère qui, elle-même, l'avait aussi appris de sa propre mère.

Au déjeuner, on raviva beaucoup de souvenirs.

Ce soir, il irait à Langoz'vraz écouter Jean-Marie Quéméner qui cumulait les responsabilités de Maire et de conteur depuis le décès de son oncle Biel.

Le quartier du Hellen

Presque une voie privée, cette route du Hellen en dehors des jours de Pardon.

Les riverains qui habitaient le quartier avaient la réputation d'être invisibles, de mener une vie secrète, d'observer en se cachant dans l'encoignure de leur fenêtre après avoir soulevé le rideau dès qu'ils entendaient un bruit, mais, curieux comme des pies, ils voulaient toujours savoir le fils ou la fille de qui on était quand par hasard ils osaient vous parler en s'appuyant des deux bras sur le mur. « Piou en ez ? »

Les Pratividec n'échappaient pas à cette réputation. Ils habitaient une ancienne ferme qu'ils avaient achetée en 1947 à un Capitaine d'infanterie originaire de l'est de la France et qu'ils avaient fait restaurer pour leur retraite. On ne disait jamais « Ker an Guen » mais toujours « La maison des toubibs » car madame Prativedec, l'épouse du Docteur du même nom, était également médecin et elle était maintenant seule, veuve et très âgée.

Le Docteur Pratividec, Brestois intransigeant, tenait absolument à ce que l'on sache qu'il était médecin et il se lançait dans des diagnostics hasardeux sur le bord du chemin, ne sachant plus très bien s'il avait fait une carrière de médecin civil, médecin de marine ou de médecin de la coloniale.

Né à Recouvrance, quartier populaire au-dessus de l'arsenal et du Port de guerre, on ne pouvait pas le prendre en défaut sur l'histoire de sa ville et très « livresquement » cultivé, il pouvait donner l'impression à son interlocuteur qu'il avait servi en Indochine ou embarqué à bord du croiseur « Tonnerre de Brest » et qu'il savait tout également des cultures sous serres, car une de ses autres obsessions était de se faire admettre comme ayant des origines agricoles !

Il expliquait aussi très bien que sa demeure s'appelait « Ker an Guen » et non pas « Ker Guen » ce qui aurait voulu dire la « maison blanche » alors que c'était la « maison du blanc » parce que des moines blancs avaient été envoyés en mission pour exercer la médecine « dans ce pays en voie de développement » selon une de ses expressions favorites et étaient donc d'illustres prédécesseurs. Très affabulateur, il n'allait cependant pas jusqu'à dire que ces moines blancs l'avaient conduit sur le chemin du sacerdoce médical, mais on n'en était pas loin !

Le Docteur Pratividec était mort des suites de deux accidents vasculaires cérébraux, le premier survenu à la chasse en tirant une bécasse qu'il avait d'ailleurs tuée. Une histoire à la Pagnol. Ça avait fait le tour du pays ainsi que la narration du dévouement de son chien, épagneul breton du nom de Valentin qui essayait de le tirer du ruisseau dans lequel il était tombé.

N'ayant plus eu le droit de conduire à la suite de son deuxième AVC, le quartier était affecté d'un spectacle touchant lorsqu'il sortait et rentrait sa voiture pour avoir le simple plaisir de monter dedans, s'installer au volant et passer la marche arrière puis la première. En marche avant, il s'arrêtait après avoir heurté la poutre de bois qu'il avait fait mettre contre le mur de son garage, puis enclenchait la marche arrière pour une énième fois.

Si son mari se livrait facilement et entreprenait toute personne passant à proximité de son garage, on ne savait pas grand-chose de Madame Pratividec qu'on avait fini par appeler « Monette ». Elle était originaire de Vendée et après avoir beaucoup hésité à suivre son mari dans le Nord-Finistère, le décès de sa mère toujours bienveillante à son égard avait facilité sa décision. Très effacée du vivant de son mari, en passant route du Hellen, on apercevait parfois une longue blouse marron délavé et un foulard de la même couleur qui paraissaient courbés sur ce qui aurait pu être un carré de pommes de terre mais qui en fait était un magnifique parterre de rosiers. Elle aimait les fleurs en général et en particulier les roses dont elle connaissait parfaitement les exigences de culture.

Laissez vivre les fleurs,
Le temps qui est le leur.

Depuis qu'elle était veuve, on la voyait tous les après-midis faire le tour du quartier au bras d'une de ses trois aide-ménagères qui se relayaient pour couvrir les 24 heures.

Après le virage, en direction de l'église dont le clocher était tous les soirs illuminé, c'était Ker Briec, Vian et Vraz.

Vian était occupé par Marie qui portait la coiffe et avait longtemps servi chez la « colonelle » qui venait, à cheval, lui donner des ordres ou prendre de ses nouvelles.

Marie avait deux sœurs jumelles qui elles, vivaient à Paris, venaient la voir de temps en temps mais lui faisaient toujours sentir qu'elles n'appartenaient pas au même monde. Leur famille était très ancienne au pays.

En poussant quelque 100 mètres plus loin, Vraz avait été longtemps habité par un pharmacien de marine, bourru et pas commode. Il passait ses permissions d'été à engueuler ceux qu'il croisait et à débroussailler sa propriété qu'il laissait envahir tout l'hiver par les ronces et les mauvaises herbes. Il s'entendait très mal avec son voisin le plus proche à qui il reprochait, avec parfois des mots choisis pour le dire, d'avoir des chiens qui aboyaient la nuit et l'empêchaient de dormir.

Le Docteur Prattvidec toujours adepte de la prescription sur le bord du chemin lui avait proposé une ordonnance de Lexomil® mais s'était entendu répondre qu'en bon pharmacien, il ne croyait pas un instant à l'intérêt des médicaments et qu'il valait mieux « qu'il bouffe du goémon ! »

Le pharmacien de marine était mort dans des circonstances assez mystérieuses dont personne ne s'était vraiment rendu compte.

De façon à remplir un rôle dans la commune qui lui vaudrait la reconnaissance de chacun et peut-être aussi celle de se faire pardonner sa légendaire mauvaise humeur, il avait proposé au Recteur d'endosser les responsabilités de bedeau ce qui le conduisait à ouvrir tous les matins et à fermer tous les soirs la chapelle Notre Dame du Bon Secours. Il veillait également à la propreté du lieu très visité surtout en été et au fleurissement de l'autel, précisait-il toujours avec beaucoup de fierté, avec des fleurs de mon jardin, ajoutant :

— Ça ne coûte pas un sou à l'Évêché et c'est bien normal que je porte enfin secours à mes collègues de la marine !

On l'avait retrouvé un soir du mois d'août, la veille du pardon, allongé de tout son long dans la nef, un crucifix à la main comme s'il terminait son chemin de croix.

C'était sa femme qui ne le voyant pas revenir avait donné l'alerte. Elle avait appelé le Docteur Cadiou qui avait conclu à une mort naturelle par crise cardiaque, au pays, on disait par crise de méchanceté, et qui avait autorisé son transfert à la morgue.

Il avait eu peu de visites, le pharmacien de marine, et son enterrement s'était fait dans un grand anonymat… Avait-il des enfants ?

En tout cas, depuis que sa veuve avait vendu, les ronces et les mauvaises herbes poussaient toujours aussi vigoureusement et il régnait un vent de solitude autour de la propriété des successeurs du pharmacien de marine que l'on disait Italiens en raison de l'immatriculation de leur voiture mais dont on n'avait jamais vu l'épouse du couple. On entendait par contre le mari qui, de temps en temps, accompagnait de la voix les airs d'opéra qu'il mettait à tue-tête.

Cependant, une ancienne crèche à cochons, aménagée en studio, attirait l'attention. Elle était louée par un sportif de haut niveau, international de javelot, disait-on, professeur de sport dans le collège voisin et que l'on voyait surtout du côté de Kervajean ou de la route touristique, en train de faire son jogging, torse bombé. Lorsqu'il faisait beau, il était coutumier de la sieste dans son hamac.

Quand on passait route du Hellen, on était enveloppé d'un grand mystère, comme si cette voie transversale qui reliait la place Sainte Haude à la route du Viaduc était un lieu de légendes, de secrets, de non-dits. Une voiture jaune, qui y stationnait en permanence sans que l'on sache très bien à qui elle appartenait, ajoutait du mystère au mystère car elle ne bougeait jamais. Que se passait-il dans cette voiture ? À quoi et à qui servait-elle ?

Lieu de légendes, pourquoi pas, quand on comprenait qu'en poussant un peu plus loin, en sens inverse et en longeant le ruisseau, on arrivait à la Fontaine Sainte Haude puis à Kervajean qui les jours d'orage, avec un ciel gris et chargé, déversait un spectacle de grande solitude avec un bâtiment de ferme, seul au milieu des champs !

Ce qui enlevait du mystère au mystère et ramenait aux choses de la vie, c'était la caravane de Christalline qui plus prosaïquement prétendait ouvrir les jeunes aux plaisirs de l'existence pour 50 € ! Il n'y avait pas que des jeunes qui osaient lui dire qu'elle était chère, mais elle rétorquait inlassablement avec son accent de voyouse, « je ne me ménage pas et l'hiver, j'ai bien du mal à joindre les deux bouts ! »

Une autre des caractéristiques de ce quartier était que la vie y était rythmée par les cris des oiseaux et la présence familièrement indiscrète des animaux.

Le matin, au moment du petit déjeuner, les goélands, eux aussi à la recherche du leur, remontaient le ruisseau en direction de la mer en poussant des cris aigus lugubres qui annonçaient que la mer montait et allait leur apporter de quoi se rassasier. En fait, ils remplaçaient volontiers le calendrier des marées dont leurs pérégrinations dépendaient. Marée haute, marée basse, il suffisait d'écouter leurs cris deux fois par jour à six heures d'intervalle.

Le soir, à l'heure de la fermeture des volets de bois des maisons, on assistait, toujours dans la vallée, à une guerre de Sécession voire de religion entre des échassiers blancs qui venaient squatter les saules pour la nuit au grand désarroi des corbeaux qui avaient bien du mal à préserver leurs droits de propriété. Les blancs étaient régulièrement vainqueurs et les bagarres ponctuées de cris accompagnés de coups d'aile commençaient à la tombée du jour pour ne cesser qu'au moment où la nuit s'affirmait.

Lorsque dans la solitude, on observait et écoutait ce spectacle depuis la route du Hellen, l'illumination du clocher de l'église semblait compléter cette féérie grandiose faite de sons et de lumière.

Ce quartier mystérieux profitait également du coassement des grenouilles à Toulran où une petite mare les accueillait. La douceur de certains soirs de printemps et la chaleur de certains soirs d'été les conduisaient à faire profiter d'un concert que l'on pouvait entendre à un bon kilomètre à la ronde si le sens du vent était favorable.

À Toulran, on pouvait également voir des chevrettes qui, après avoir mangé les feuilles tendres des jeunes arbres voire des rosiers venaient se désaltérer, mais ce que l'on craignait le plus en raison de leurs capacités dévastatrices, c'étaient les sangliers et plus particulièrement les laies qui, accompagnées de leurs sept ou huit petits, venaient les rassasier et détruisaient tout sur leur passage.

Et, pour conclure la présentation du quartier du Hellen, il ne fallait pas oublier les renards qui ne manquaient pas de remonter de la vallée, attirés par les odeurs de poulaillers.

Un pays de légendes

Pas loin de là, à Langoz'vraz, la famille Quéméner était très respectée. Les Quéméner, c'était Jean-Yves le grand-père, « Tat koz » comme on disait en breton il y avait encore quelque temps, qui au retour de la guerre, salement amoché par les gaz, avait fait un bout d'accompagnement à Marie-Thérèse en sortant des vêpres. Car, à cette époque-là, il n'y avait pas d'autre distraction pour sortir de l'emprise de la ferme et voir un jupon que d'aller à la grand-messe du dimanche matin et aux vêpres de l'après-midi.

D'ailleurs, son père Victor l'avait prévenu quand il était rentré du front et lui avait dit :

— Maintenant, la ferme c'est toi mais sache bien qu'ici, sans femme, une vraie qui te soutient et te donne des enfants, ça n'est pas possible, ça n'est pas vivable !

Il fallait bien reconnaître que Jean-Yves était une légende à lui seul. Beaucoup le jalousaient mais tout le monde reconnaissait son courage au travail et son honnêteté.

Sa légende, c'était sa guerre 14-18 qui lui valait aussi le surnom de « poilu », son copain Lécureuil qui, le matin, lorsque les obus avaient sifflé toute la nuit au-dessus de leur tête lui disait avant de lui réciter un poème qu'il avait composé pour vaincre sa frayeur :

— Ben, tu vois, Quéméné, ben, on n'est pas encore mort cette nuit ! On tient le bon bout !

Ce Lécureuil, à la moustache retournée, avait le moral, mais était incapable de dire « Quéméner » et s'en tenait à « Quéméné ». Il avait dit à Jean-Yves que chez lui, en Mayenne, on mangeait de l'andouille de Guéméné et dans un grand éclat de rire réconfortant, aimait dire :

— Tu vois Quéméné, je pense andouille et j'ai tout de suite ton nom de famille !

Quand ils avaient été démobilisés à Châlon sur Marne, on avait mis les Bretons dans un train pour Vannes où il y avait l'hôpital 33 désigné pour accueillir les blessés et les malades. Jean-Yves avait attendu toute la nuit, couché à même le quai, un train pour Brest et s'était résolu, pour terminer le voyage, à faire à pied les 28 km qui le séparaient de Langoz'vraz où sa mère un peu méfiante des randonneurs avait eu bien du mal à le reconnaître. Finalement, racontait-il, ça avait peut-être été sa plus grosse blessure…

Jean-Yves, sa légende, c'était aussi la guerre 39-45, où il avait joué un grand rôle en tant que Maire, grâce à sa relation apaisée avec l'Ober Kommandant, homme plantureux et jouisseur invétéré dont la mission était de surveiller la côte avec ses jumelles tout en vidant une bouteille de Calva.

— C'est la seule chose que je peux avaler le matin ! disait-il inlassablement à son premier visiteur.

Quand ses administrés avaient besoin d'un « ausweis », il se rendait à Trémazan où l'occupant avait installé la Kommandantur dans une belle villa baptisée « Ty an avel vraz », « La maison du grand vent », par l'Amiral Paulé, son propriétaire qui avait gardé la nostalgie des dragons de l'Annam et qui en témoignait par les statues qu'il avait éparpillées dans le jardin.

La maison avait été réquisitionnée et malgré son accueil plein de bonhomie, l'Ober Kommandant ne résistait pas à envoyer au Maire de Landunvez des petits piques du genre :

— Ce n'est pas avec vous que je vais parfaire mon français, Jean ! Je vois bien que vous traduisez tout en breton avant de me répondre ! De ce côté-là, je pense que vous vous entendez mieux avec vos amis anglais qui ne rêvent que d'une chose ; nous foutre sur la gueule et nous renvoyer chez nous alors que je suis si bien ici, entourée de petites Bretonnes charmantes.

— Je n'ai pas d'épouse et d'enfants qui m'attendent et j'espère que je n'en aurai pas quand je quitterai votre charmant bord de mer. Ach ! c'est la guerre ! et en attendant notre victoire, mon rôle principal, ce pour quoi je suis payé, est de surveiller le mur de l'Atlantique, le large ! On me dit que les Alliés, vos amis, pourraient débarquer sous le commandement du Colonel Eisenhower… Mais où ? Vous ne savez pas vous, Jean ? Ça irait plus vite de me le dire tout de suite. Vous ne voulez pas me le dire ? Alors, je continue de surveiller !

Et après ce préambule dont Jean-Yves bénéficiait à chaque fois qu'il venait le voir, il était invité à s'asseoir et à suspecter qui ou qui de cacher les parachutistes anglais et américains ou d'avoir aidé ceux qui avaient répondu à l'appel depuis Londres du Général de Gaulle, le 18 juin 1940.

Parmi ceux-ci, l'Ober Kommandant suspectait tout particulièrement Vincent Pratividec, l'oncle du Docteur, qui disait-il sous couvert de son métier de plombier parcourait la campagne en toute liberté et que sa barbe faisait ressembler à un rabbin :

— Ach, les rabbins, notre Führer ne les aime pas du tout ! insistait-il en le raccompagnant à la porte de son bureau et en n'oubliant jamais de lui suggérer de ne pas revenir les mains vides, la fois suivante, pour maintenir les bonnes relations.

C'était la tradition, tous les 15 août, de réunir le village en haut de la côte qui donnait sur la chapelle de Saint Samson, où par temps clair on pouvait apercevoir Ouessant. À la nuit tombée, du promontoire que constituait ce hameau de trois fermes, on apercevait aussi le phare de l'île Vierge qui balayait tous les rochers dangereux pour la navigation et par temps de brume, la sirène qui beuglait par intermittence saccadée rajoutait de l'angoisse à la majesté du grand large.

Mais ici, chacun savait bien que ce n'était pas très bon signe de voir depuis la côte l'île d'Ouessant, proie des touristes l'été au départ de Lanildut, du Conquet ou de Brest et de deviner le phare du Stiff. Il valait mieux qu'il soit dans la brume. Marie-Thérèse lorsqu'elle était encore de ce monde et que c'était Biel, le frère de Jean-Yves, son mari, le conteur de service, disait toujours :

« Qui voit Ouessant boit son sang ! » et elle ajoutait, en levant le doigt vers le ciel « Il faut prévoir la grange, ça va pleuvoir et peut-être même y avoir de l'orage ! »

Ce pays du Nord-Finistère, à 28 km au nord-est de Brest était appelé « Côte des Légendes » et les anciens racontaient que dans la difficulté de se nourrir ou tout simplement de vivre, les côtiers se transformaient volontiers en naufrageurs, attirant sur les rochers les bateaux en détresse en agitant des fanaux à pétrole. Quand ils entendaient les cris, portés par le vent au Nord-Est, des marins en train de se noyer et appelant au secours, ils étaient sûrs qu'ils avaient réussi leur coup et il n'y avait plus qu'à attendre la marée basse pour récupérer le butin à la côte. En breton, on disait le « penzé » que l'on pourrait traduire par « ce qui arrive tout cuit dans vos mains et qui ne coûte rien », sauf de se baisser pour le ramasser !

Le film avec Henri Vidal et Michel Morgan en avait témoigné en son temps et personne ne pensait que ce fut une légende mais bien plutôt la traduction d'une mentalité de sauvages, de brigands sans ressources et affamés.

Le tonton Biel avait eu une drôle de vie. Jeune, il avait fait une tuberculose des os qui l'avait empêché de grandir et l'avait courbé avec une bosse au milieu du dos. Au pays, on l'appelait le « boseg », le « bombé » en français.

Il n'avait jamais trouvé de femme et tout le monde se moquait un peu de lui. Mais, pendant sa maladie qui l'avait contraint à se reposer de nombreuses heures allongé, il avait beaucoup lu et étudié, si bien que très cultivé, il avait aidé ses neveux à réussir leurs études.

« Tu demandes à Biel, lui, il sait. Il sert au moins à ça ! » disait son frère qui lui reprochait toujours d'être plus une bouche à nourrir que deux bras à la ferme.

Il percevait parfaitement qu'il était à la charge de son frère et de sa belle-sœur et quand les fils de Jean-Yves, Jean-Marie et Pierre-Yves, ce dernier à son retour du conflit algérien, avaient été en âge de tenir l'exploitation, il était parti faire taupier dans les Côtes-d'Armor et un jour on l'avait vu revenir terriblement amaigri avec son baluchon sur l'épaule, expliquant que là-bas, il n'y avait plus de place non plus pour lui. Les garçons étaient contents qu'il soit revenu mais finalement tonton Biel s'était suicidé en se pendant dans la grange et c'était Jean-Marie qui l'avait trouvé le matin en partant traire les vaches. C'est lui qui l'avait décroché en s'aidant de l'échelle. Pierre-Yves, le plus jeune, à qui il avait offert son premier vélo et pour lequel il avait convaincu son père de le laisser aller au Lycée agricole de Guingamp, avait beaucoup pleuré… Une époque prenait fin et Langoz'vraz ne serait plus jamais pareil.

Ce soir, c'était donc Jean-Marie qui était à la manœuvre. Il le faisait parce que Marie-Thérèse, sa mère, lui avait dit un jour, avant qu'il soit Maire de Landunvez :

« Tu causes bien Jean-Marie, ça sort bien et tu ne cherches pas tes mots comme les gars du pays, tu devrais conter, remplacer ton oncle Biel qui ne sera pas qu'un peu fier ! »

Alors pour faire plaisir à sa mère, à chaque réunion de famille, aux veillées de prières et le soir du Pardon, il contait entre les chants ou les danses. Ça permettait de retrouver son souffle…

Comme il faisait très beau, on avait décidé de faire un « cochui » et selon la tradition, après avoir rendu hommage à Saint Samson, ce moine irlandais qui, selon la légende, avait fait la traversée dans une auge de pierre pour évangéliser les Bretons, on avait loué les restes de son embarcation contre lesquels il suffisait de se frotter pour ne plus avoir mal au dos et tous ceux qui étaient venus écouter Jean-Marie s'étaient gentiment précipités sur la nourriture arrosée d'un bon verre de « gwin ru ». Oh, bien sûr, ce soir pour rentrer, tout le monde ne marcherait pas très droit, il y en a même qui dormirait peut-être dans le fossé, mais ce n'était pas tous les jours le 15 août.

Comme le Recteur n'en avait pas fait son sermon, Jean-Marie, après avoir évoqué le souvenir de ses parents et de l'oncle Biel, commença par la légende de Haude et Tanguy.

Quelque temps après la fin du règne de Clovis, le seigneur, Golon de Trémazan, près de Kersaint, aurait eu deux enfants : une fille Haude et un garçon Gurguy. À la mort de son épouse, il se serait remarié avec une Anglaise et la belle-mère aurait particulièrement maltraité ces enfants qui n'étaient pas les siens. Gorguy se serait réfugié à la cour du roi Childebert, et Haude, très pieuse, aurait été placée dans une ferme où son plaisir était de s'adonner à la prière.

Cependant, la marâtre répandait des mensonges sur la jeune fille, l'accusant de mener une vie débauchée.

De retour après douze ans d'absence, Gurguy crut naïvement en ces rumeurs et se précipita à la ferme. Sa sœur lavait du linge à la source. Il s'y rendit et de son épée la décapita. C'était, paraît-il, le 18 novembre 545.

Dans la soirée, au château, un miracle s'accomplit : on vit venir Haude tenant sa tête dans ses mains. Elle la replaça sur son cou et accusa sa belle-mère d'être la cause de sa mort. La marâtre nia cette accusation, mais périt foudroyée sur le champ. Quant à Gurguy, pardonné par sa sœur mais pris de remords, il se réfugia auprès de Saint Paul Aurélien, évêque de Léon, fit pénitence pendant quarante jours, prit le nom de « Tanguy » et expia son crime en fondant l'abbaye de Saint Mathieu.

Il fut vénéré plus tard sous le nom de « Saint Tanguy ».

Plusieurs seigneurs du château de Trémazan portèrent ensuite le prénom de Tanguy.

Il n'est pas étonnant qu'une telle légende confère à cette source, au sud de Kersaint en direction de Kervajean, un caractère sacré. Le petit bassin circulaire traversé par la rigole serait la trace laissée dans la pierre par la tête d'Haude. L'eau de la source guérirait les verrues : il suffirait de jeter une épingle dans le petit bassin puis de la reprendre pour percer la verrue que l'on désire faire disparaître.

On dit encore qu'autour de ce site fabuleux, comme dans les ruines du donjon seigneurial, des violiers rouges s'épanouissent chaque année pour rappeler le crime qui fut commis voici un millénaire et demi.

Il est probable que cette source, comme bien d'autres, ait été connue de tout temps et déjà vénérée par les habitants avant que le christianisme n'en fasse, grâce à la légende, une fontaine sacrée.

Et en s'inspirant du Recteur, Jean-Marie concluait en l'imitant :

Pour les ceux-ce qui croient qu'il ne s'agit que d'une légende, je les invite à aller visiter ce site modeste et plein de charme où ils pourront trouver le calme et prier, foi de Maire.

Il était très applaudi et les plus jeunes qui ne se rendaient pas compte du décalage dans le temps lui posaient plein de questions :

— Haude, tu l'as connue toi Jean-Marie, elle était jolie ?

— Et, Tanguy, il n'a pas eu l'idée de tuer sa belle-mère, après ?

— Pour les verrues, je ne sais pas si c'est bien vrai, parce que moi, elles ne sont pas parties, il faudra que je demande au Docteur Cadiou !

— Ma sœur et son amoureux, ils disent qu'ils vont se marier au Château de Trémazan… En tant que Maire de la Commune, tu célèbres des mariages là-bas ?

Cette dernière question avait fait beaucoup rire et Jean-Marie avait répondu avec beaucoup de sérieux qu'il se disait à une certaine époque que le Conseil départemental essayait d'obtenir des crédits du ministère de la Culture pour envisager la réhabilitation du château. Il n'avait pas fini sa phrase que le Seph qui était son principal opposant au Conseil municipal lançait sans comprendre pourquoi tout le monde riait :

— V'là bien une autre légende, Jean-Marie ! Tu profites du Pardon pour faire campagne. Ce n'est pas normal, j'en parlerai au Préfet.

— Légende pour légende, mon pauvre Seph, écris-la dont si tu sais toujours tenir une pointe Bic et l'année prochaine tu nous la raconteras !

Certains se plaignaient qu'il commençait à faire plus que frais pour ne pas dire froid et remettaient des bûches tandis que d'autres servaient à boire :

— Doucement, doucement, disait Jean-Marie, il faut que j'y vois clair. L'année prochaine, si je suis toujours de ce monde, je vous parlerai de Jean et Jeanne transformés en dolmens du côté de Carnac, punis par les Druides qui ne voulaient pas qu'ils s'aiment, mais, ce soir…

Fier, Jean-Marie se drapa à nouveau dans son habit de conteur et entama la narration du « Manoir de l'Olifant », un de ces contes que les anciens racontaient au cours de la nuit du solstice d'hiver, la plus longue, celle qui a toujours marqué le sommet de l'imagination des conteurs. Il s'inspirait d'un écrit de Pierre Jackes Hélias qu'il arrangeait à sa façon.

Je vais vous conter l'histoire de Fanton, père et fils dont je découvris la demeure, le « Manoir de l'Olifant » dans un coin paradisiaque appelé « Baradozig », le petit Paradis, alors que je m'aventurais sur un chemin perdu de l'arrière-pays de Cornouaille, là où les paysages et les châteaux font penser à ceux d'Écosse, pleins de mystères comme celui de Trémazan.

Au fur et à mesure que j'osais pénétrer cette végétation, je me trouvais soudain devant un manoir dont le perron en forme de fer à cheval dégageait une grande majesté.

Ce qui m'interloquait le plus, c'est ce garçon modeste et à l'allure presque pauvre qui vint à ma rencontre pour me faire les honneurs du propriétaire… Pas exactement, du fils du propriétaire qui, lui aussi, lorsqu'il apparut soudain sur le perron me sembla d'une grande simplicité.

À tour de rôle, ils m'expliquèrent que leur passion, leur seule passion était les fleurs, les fleurs de ce jardin aux mille essences qu'ils m'invitaient à venir visiter et c'est pourquoi, ils m'ouvrirent la grille de leur demeure.

Je faisais quelques pas et je découvris un jardin à nul autre pareil où des fleurs à visages humains, d'une beauté rare, semblaient me sourire ou témoigner d'une grande tristesse. Le père et le fils entretenaient avec ces créatures de rêves des conversations à intonations humaines qui pouvaient se terminer dans le rire ou dans les larmes.

Fanton fils, relayé bientôt par Fanton père m'expliquèrent que leur raison de vivre était ce jardin auquel ils consacraient leurs journées entières bien que cette activité fût peu lucrative et ne suffisait point à les nourrir et à entretenir le Manoir.

Heureusement, Fantine, l'épouse et mère, couturière de talent, était là et ramenait de ses travaux souvent terminés tard dans la nuit à la bougie, quelques subsides. Mais, Fantine mourut, rejointe quelques jours plus tard par Fanton père que le chagrin emporta.

Il n'y avait donc plus qu'un Fanton au Manoir et au pays. Un certain Dos-Sec, connu pour son obséquiosité et son désir de possession, comprit très rapidement que le moment était venu de manigancer pour acquérir le Manoir de l'Olifant. Il envoya sa fille Lysiane en détachement précurseur pour proposer d'acheter en viager le Manoir ce qui procurerait à Fanton les subsides nécessaires pour l'entretien de son jardin féérique.

Celui-ci accepta et accepta même d'aller vivre dans une dépendance car il n'avait plus le goût à vivre dans le Manoir depuis que ses parents n'y habitaient plus et il fut convenu que Dos-Sec pouvait y emménager.

Celui-ci, se croyant alors propriétaire des lieux et fort de sa suffisance, vint se pavaner à cheval et faire plusieurs fois le tour de la propriété lorsque sa monture, lasse de sa prétention et de ses commandements désordonnés, le désarçonnât et il chuta mortellement, se heurtant la tête sur le rebord en ciment de la pièce d'eau.

Jean-Marie s'arrêta quelques instants en regardant Marie-Jeanne, son épouse. Son téléphone venait de vibrer dans sa poche. Les enfants, qui avaient perçu son désarroi et d'autres plus âgés, le suppliaient de continuer :

Alors Lysiane qui n'avait en tête que d'être propriétaire du Manoir de l'Olifant, à son tour, tant elle était encore plus ambitieuse que son père, ne témoigna pas à celui-ci le respect que sa mort devait entraîner et l'enterra en toute hâte dans le jardin sans faire appel aux sacrements du Curé.

Mal lui en prit, car à chaque fois qu'elle montait se coucher dans cette chambre où avaient dormi Fanton père et Fantine puis son propre père et où elle aurait bien voulu que Fanton fils vint la rejoindre tant elle se sentait seule, un chien noir qui avait la capacité de passer à travers les murs et qui s'appelait Orka, criait, aboyait, hurlait à la mort, au point qu'aucune de ses nuits ne fut plus jamais calme et apaisée et qu'elle fut obligée d'aller frapper à la porte de la dépendance.

Fanton, en bon garçon qu'il était et bien qu'il ne voulût point satisfaire ses intentions lubriques mais simplement dormir lui aussi paisiblement, emmena le chien noir chez l'exorciseur, le Père Sidoine.

Une fois que l'acte fut réussi et Orka débarrassé de sa possession, ils retournèrent au manoir, montèrent dans la chambre et trouvèrent Lysiane, les bras en croix, morte d'impuissance à lutter contre le revenant incarné dans la bête.

Et Jean-Marie conclut, surpris que son auditoire soit resté si longtemps attentif et muet :

Le chien avait retrouvé son destin de chien. Le Manoir de l'Olifant ne tomberait pas entre d'indignes mains et Fanton n'est jamais revenu

l'habiter mais a vécu encore de nombreuses années dans le pavillon des jardins, face à ses fleurs qu'il aimait tant, respectant le vieux commandement gravé au-dessus du perron en fer à cheval :

Laissez vivre les fleurs,
Le temps qui est le leur.

Jean-Marie prétexta une envie pressante pour s'éclipser, lire le message sur son téléphone : « Christalline a été retrouvée morte à la porte de sa caravane ! Je vous attends sur site, au bout de la route du Hellen, en direction de Kervajean. Signé Major Tromeur. »

Une mort suspecte

Jean-Marie sauta dans sa voiture et, en faisant crisser ses pneus, prit la route touristique pour la piste des 24 heures du Mans, traversa Trémazan sans respecter la limitation de vitesse à 30 et sur la place de l'église s'enfourna route du Hellen sans craindre de tomber face à face avec une autre voiture, fasciné par le gyrophare de la voiture de la gendarmerie dont on voyait les scintillements de très loin, à côté de laquelle il stationna son Kangoo Citroën.

Tout le quartier était sur le pied de guerre et y allait de son avis :

— Marianne, la plus ancienne du quartier : « ce n'était pas un exemple de vertu, Christalline, c'est vrai mais elle ne méritait quand même pas ça. Faut dire, une jeunesse sans père à traîner sa misère. Que des petits boulots crève la faim ! »

— Maximilien Rhésous, radiesthésiste, sourcier, rebouteux : « le rapport à la violence chez les jeunes est complexe. Réaction contre la société, impulsivité incontrôlable, abus de boisson… » et très penseur et mystérieux, il ajoutait « faut voir ! »

— Robert, grand sportif qui semblait s'être trouvé là, par hasard, à cette heure très tardive, au retour d'un footing du côté de Kervajean. Il restait muet devant ce spectacle de film.

— Hamon, l'air tout penaud. C'est lui qui avait donné l'alerte au grand risque d'être suspecté car très habitué de la consommation des charmes de Christalline, il attendait son tour qui, ce soir-là, n'est jamais venu !

— Jean-Philippe que l'on considérait comme le gardien du quartier, assurant la sécurité comme pompier bénévole à la retraite et surtout très au courant des news et des fake news.

Le Major interrompit Hamon qui bégayait en racontant comment il avait découvert le corps dénudé en travers de la porte de la caravane, pour témoigner au Maire les honneurs dus à son rang. Il se donnait de l'importance avec sa sacoche à soufflet qu'il ne cessait d'ouvrir et de fermer, faisait du bruit avec son crayon Bic réglementaire, parlait des premiers éléments de l'enquête, de la nécessité de faire des prélèvements ADN et donnait l'ordre à ses adjoints de sécuriser le périmètre avec du rubalise pour ne pas polluer la scène de crime. Il termina en disant :

— Bon, maintenant, vous rentrez tous chez vous, vous essayez de dormir, demain on y verra peut-être plus clair. Je vous donne rendez-vous, tous les cinq, je dirais même tous les six, Monsieur le Maire, pour lancer les interrogatoires qui seront primordiaux dans l'élucidation de cette affaire qui s'avère complexe. Un meurtre, route du Hellen, en 2023 ! et en baissant le ton, à l'adresse de Jean-Marie, l'élucidation de mon affaire ! de notre affaire ! qui va enfin faire parler de nous dans Ouest-France et le Télégramme ! Un peu de justice quand même, je méritais bien de passer à deux galons, merde !

— Moi, j'attends avec Daniel l'Identité judiciaire qui va faire des relevés d'empreintes et la médecin légiste qui est annoncée, la Docteur Luce Trémuson. Nous la connaissons bien et je suis sûr qu'elle fera le maximum pour faire triompher la vérité.

La première fois où Luce Trémuson était intervenue sur le périmètre de la brigade, elle s'était présentée comme une spécialiste du bol alimentaire « pièce à conviction incontournable permettant de dater la mort et d'identifier une victime ».

Le Major Tromeur avait été surpris de ce préambule de capacité professionnelle et elle avait ajouté : « vous comprenez bien que si vous trouvez du Kik ha Farz dans l'estomac, vous pensez breton et que si ce sont des restes de porridge, vous pensez britannique ».

À titre de plaisanterie, elle se disait également grande spécialiste des empreintes génitales et expliquait le port d'une mini-jupe verte comme un acte charitable « permettant aux morts de bander une dernière fois ».

À tout cela s'ajoutait, en termes grivois, l'explication de sa procédure de divorce qui durait depuis cinq ans avec Loïc Trémuson, psychiatre hospitalier très connu.

Luce Trémuson que toute la brigade surnommait « suce » malgré une allure prêtant peu à la plaisanterie dans l'exercice de ses responsabilités, était un des deux médecins légistes de l'Institut médico-légal de Brest, l'IML. Elle était une habituée des affaires du pays et au début de leur collaboration, Henri Tromeur avait pensé un court instant que son originalité en faisait une femme facile et avait pris un bon râteau après s'être fait remettre vertement à sa place. Elle, c'était « sérieux de chez sérieux » malgré une allure trompeuse quelque peu excentrique que générait le port de cette mini-jupe verte sous sa longue blouse blanche.

Le Major n'était pas toujours très perspicace et n'était pas un modèle de discours adapté. Originaire de Lampaul, il était aux yeux de ses parents qui vivaient toujours mais étaient âgés, la réussite de la famille et l'exemple d'honnêteté et de dévouement pour les cinq autres enfants.

Jean-Marie le connaissait bien et l'avait déjà rencontré dans des circonstances plus ou moins heureuses en dehors du quotidien de la commune pour lequel, il l'avait très souvent au téléphone.

À 8 h 30 très précises, Jean-Marie qui était parti de chez lui en courant, sans entendre les compliments de Marie-Jeanne sur sa soirée de conteur, poussa la porte de la gendarmerie où il fut accueilli par le planton de service qui lui parut très marqué par sa nuit de garde. La routine de la commune avait été bouleversée par l'encore « supposé » assassinat de Christalline et pendant le temps qu'il dut attendre, temps nécessaire à la démonstration d'une activité surchargée, Jean-Marie avait vu défiler dans sa tête les circonstances qui l'avaient mis en présence du Major Tromeur à titre personnel.

Il avait été chargé de l'arrestation de Jacques, son neveu, embarqué dans un trafic de cannabis avec un dénommé Guénégues qui avait su également impliquer le Directeur de la GBB, la grande banque de Bretagne où travaillait Jacques à Saint Renan. Il revoyait Pierre-Yves, son frère, assis à côté de lui dans son bureau de la Mairie, encaissant l'annonce de l'arrestation de son fils à sa descente d'avion à Guipavas.

Quatre mois de prison à Brest, après un jugement sans faiblesse qui l'avait envoyé seul derrière les barreaux ! Pierre-Yves n'avait jamais admis cet écart de conduite de son fils et le déshonneur qu'il avait jeté sur la famille Quéméner.

Puis après un séjour dans le Sud qui l'avait éloigné des odeurs de ferme et de porcherie au profit des odeurs de lavande, ils avaient décidé avec Émilie et les enfants de revenir, non pas, à Langoz'vraz mais à Plouvien et d'habiter le manoir de Kerbreden dont il avait hérité de sa tante Pauline Kersauzon-Rouffiec, la branche familiale du côté de sa mère Marion.

Tout récemment, le Major Tromeur et ses « mecs », expression affectueuse qui lui était très personnelle, étaient intervenus lors de l'acte de malveillance des écologistes très opposés à l'extension de l'élevage de porcs chez son frère Pierre-Yves. Il était venu faire les premières constatations et il avait rencontré d'assez loin, Jacques, appelé en renfort par son frère Isidore. Presque supplié, il avait accepté de prendre les choses en main. Au moment où il se disait que c'était peut-être le début de la réconciliation entre le père et le fils, le Major déboula :

— Désolé de vous avoir fait attendre, Monsieur le Maire, mais, comme je vous le disais, ce qui s'est passé hier dans la nuit, c'est l'affaire du siècle et j'étais en communication téléphonique avec le Procureur de Brest. Je lui ai d'ailleurs dit que je vous recevais à l'instant. Si vous voulez bien me suivre. Un café ?

Il suivit le Major qui semblait avoir investi dans du parfum XXL, acheté sans doute au Centre Leclerc.

— J'étais en train de lire le rapport établi par mes « mecs » sur place qui semble montrer qu'il y a eu bagarre jusqu'à un étranglement par un fil de nylon qui pourrait être du fil de pêche, du boyau pour raquette de tennis, voire une corde pour étendre le linge, d'après la médecin légiste.

— L'Identité judiciaire a fait son boulot et les relevés d'empreintes devraient bien sûr nous aider à limiter notre périmètre d'investigations car Christalline ne devait pas avoir une clientèle très large, à mon point de vue, plutôt des habitués, des clients réguliers, si j'osais, je dirais des fidèles !

— Ils me disent aussi que la caravane était dans un état de saleté épouvantable avec des préservatifs répandus sur le sol, une petite culotte et un slip sur un dossier de chaise comme si l'étrangleur était parti en courant. Vous avez idée, vous, Monsieur le Maire en première intention, de qui aurait pu faire ça ?

— Pas le moins du monde, présomption d'innocence pour tout le monde, Major ! C'était connu que Christalline faisait commerce surtout depuis qu'elle avait perdu son emploi de serveuse sur le port d'Argenton, il y a deux ans et que Hamon était un de ses plus fidèles. Ancien d'Indo et habitué des bordels de Saïgon puis de Manille mais je ne me souviens pas ce qu'il était allé faire aux Philippines !

— Ce n'est pas suffisant pour en faire un coupable. Par contre le slip et la petite culotte, c'est pain béni pour l'ADN, en tout cas.

— Christalline, vous voyez, Major, le commerce qu'elle exerçait, pas vraiment en toute discrétion, on peut penser que ça nous évitait d'avoir des violeurs au pays et ça, c'est important !

— Vous en seriez presque à la regretter, Monsieur le Maire ?

— Je n'ai pas dit ça, elle n'émarge pas sur la liste des employés municipaux, mais il faudra peut-être songer à la remplacer, vous voyez ce que je veux dire, Major, vous qui êtes militaire !

— Ce qui m'inquiète et qui va demander du temps, beaucoup de temps, c'est s'il faut faire des prélèvements ADN à tous les membres de l'association « Les pêcheurs du ruisseau », à tous les joueurs de tennis des clubs de Kersaint et Porspoder et s'il faut que mes gars aillent à Bricorama recenser tous les acheteurs de fil nylon pour étendre le linge.

— Tous les métiers ont leur contrainte, Major ! Pour le fil à étendre le linge, moi, si j'étais gendarme, je commencerais par inspecter les jardins du Hellen, Toulran, Kervajean…

— Vous auriez pu être gendarme, vous ! conclut le Major un peu vexé.

Lorsque Jean-Marie sortit du bureau, Marianne était là qui attendait d'être interrogée. Elle était venue à vélo, avec son beau tablier gris de sortie et un foulard sur la tête.

En passant devant elle, pressé de rejoindre la Mairie où c'était son jour de permanence sans rendez-vous, il lui sembla qu'elle tremblait et il s'arrêta pour lui expliquer que les gendarmes ne lui voulaient aucun mal, mais que par contre, il fallait qu'elle dise tout ce qu'elle avait entendu ou vu, elle qui était en face.

Au moment où elle lui répondait qu'elle n'avait rien vu et rien entendu, le Major ouvrait la porte pour la faire rentrer.

— Asseyez-vous, Madame Marianne Kerjean. Un n ou deux n à Marianne ?

— Bien, moi, je l'écris avec deux n, mais ça ne me gêne pas si vous voulez en mettre qu'un.

— Donnez-moi votre carte d'identité, alors.

— Je l'ai pas envoyée avec moi, vous aviez pas dit !

— Alors, Marianne ?

— Je vous dis tout de suite, j'ai rien vu, rien entendu, Monsieur le gendarme.

— Major, s'il vous plaît.

— Le Jean-Marie qui vient de sortir s'il l'avait défendue quand elle s'est fait virer de son travail, moi, je vous le dis, on n'en serait pas là ! Une jolie fille comme ça et travailleuse à ce que disait le Seph.

— Parce que le Seph pourrait être dans le coup ?

— Je n'ai pas dit ça. Forcément qu'il venait de temps en temps, pas de femme… plus de femme et pas souvent une copine. Faut dire que pour devenir la copine du Seph, faut faire une croix sur beaucoup de choses.

— Eh bien, vous voyez que vous êtes utile à l'enquête, Marianne !

— Attention, Monsieur le Major, moi j'veux pas d'ennui et pour Seph, j'ai rien dit. Mais, si j'avais été belle comme la Christalline, moi j'vous le dis, et si j'avais eu une caravane, peut-être que j'aurais fait comme elle au lieu d'être toujours au cul des vaches et d'être obligée de subir mon ivrogne de mari… Je n'avais pas intérêt à dire non !

— Avant de nous quitter, vous passez à l'infirmerie où l'Identité judiciaire est revenue ce matin et se tient à notre disposition pour les prélèvements ADN. Ne vous inquiétez pas, ça ne fait pas mal !

Le Major Tromeur la raccompagna en grommelant que si les autres témoins ne lui apportaient pas plus d'éléments positifs, il n'en avait pas fini avec l'enquête.

C'est vrai qu'on ne la connaissait pas bien, cette pauvre Christalline.

Grande, mince, la poitrine généreuse, elle était arrivée dans le coin, il y avait trois ou quatre ans, un baluchon sur l'épaule et les pieds dans des chaussures tennis usagées. Elle venait des Côtes-d'Armor, disait-elle, un petit hameau perdu, composé de trois fermes, entre Guingamp et Morlaix.

Sa mère l'avait « foutue à la porte » parce qu'elle ne rapportait rien à la maison et aînée de dix enfants, avec un père alcoolique et jamais là, elle ne pouvait plus la garder.

Alors Christalline était partie, se faisant embaucher de-ci de-là dans les bistrots où tous les soirs, c'était la même ritournelle, dès qu'elle avait fermé la porte derrière le dernier client. Le patron s'approchait, lui passait la main aux fesses, la complimentait sur sa beauté, ses cheveux qui sentaient bon le foin et elle était obligée d'accepter au risque de perdre sa place.

Et ensuite, c'était toujours le même scénario. Dès que la femme du patron s'en apercevait, elle se faisait jeter à la porte avec quelques fois un petit billet en souvenir mais, le plus souvent sans rien.

Alors quand elle était arrivée « au bout de la terre », elle avait décidé que c'en était fini de son exploitation et elle s'était mise à son compte dans cette petite caravane que lui louait Marianne pas exactement pour rien ! Son fils qui était dans la Marine y venait passer ses permissions et faire son joli cœur mais un jour, elle avait reçu une enveloppe marron, « ministère de la Défense. Marine Nationale ».

Edmond était mort au Soudan. Un marin à Kartoum ! Elle avait demandé à Hamon de lui expliquer mais même lui qui avait parcouru le monde, n'avait pas réussi.

Marianne, qui ne voulait rien dire, était celle qui en savait le plus sur elle, car entre deux clients, elle était invitée à aller boire un petit café, alors…

Ce fut ensuite le tour du Docteur Rhézous comme le surnommait le Major. Maximilien, curieux personnage, supportait très bien cette taquinerie et reconnaissait volontiers qu'il dépassait très souvent le cadre légal de ses dons. Il ne lui demanda pas son nom de famille car il se trompait toujours en l'épelant et en le prononçant. Il irait voir sur Google/pages blanches.

— Vous savez, on n'a rien vu, on a seulement entendu des cris qui ressemblaient à ceux d'un enfant qui pique une crise de nerfs.

— Hamon ?

— C'est ce que j'ai pensé et mon épouse m'a dit d'aller voir car on aurait peut-être besoin de secours. Remarquez, ça fait bien longtemps que je n'ai pas vu de sang en vrai sauf dans les romans policiers et là, apparemment, cette jeune femme a été étranglée.

— Ça vous évoque quoi, vous, un fil de nylon ?

— La pêche, Major, la pêche… C'est marrant, je n'y avais pas pensé… En vous attendant, je lisais Lacan ! Il parle bien de dédoublement de la personnalité et de la possibilité que la passion conduise au crime. Il parle de pulsions incontrôlables. Je vous laisse le bouquin si vous voulez lire ! Citez Lacan dans votre rapport d'enquête, ça serait grand !

— À votre avis, Hamon était follement amoureux ?

— Je ne voudrais pas dire, mais il y a quelque temps, on rentrait d'une marche avec mon épouse et en passant à côté de la caravane qui n'est pas insonorisée… Ouah, ouah, ouah, un feu d'artifice !

— Comment avez-vous reconnu la voix d'Hamon, vous ?

— C'est lui qui coupe mon herbe, alors on se parle. Il a une voix presque d'homme de théâtre sans un gros accent breton et sans bégaiement quand il est lancé et là, il était lancé !

— Merci, Docteur psychiatre, non Docteur psychologue, excusez-moi, je sais que la confusion vous agace, votre témoignage fait indiscutablement progresser l'enquête. Prélèvement ADN avant de nous quitter, c'est la procédure !

Le suivant n'était pas bien connu au pays. Il bombait le torse et avec un « marcel », il semblait encore rentrer de faire un footing, comme hier, dans la nuit du crime.

— Vous êtes venu en courant depuis Kersaint ? Si vous voulez vous éponger, prenez un sopalin ! Une feuille, pas deux, dans la gendarmerie, on tire un peu le diable par la queue, moins que la justice, mais pas loin !

— Nom, prénom, s'il vous plaît !

— Robert Le Prince, en deux mots !

— Vous habitez où, jeune homme ?

— Jeune homme, jeune homme, le même âge à peu près que Christalline, 27 ans, elle c'était 25… Je loue une crèche à cochons transformée en studio, 5 route du Hellen, chez le pharmacien de marine. On dit toujours le pharmacien de marine mais il a vendu, je ne sais pas à qui. Moi, je loue… enfin, oui, c'est moi qui loue par une agence.

— À part faire du jogging, vous faites quoi ?

— Professeur d'éducation physique au collège et lanceur de javelot dans l'équipe d'athlétisme des Pays de Loire.

— Célibataire ?

— Oui, en principe !

— Votre linge, vous le mettez à sécher où ?

Interloqué par cette question à laquelle il ne s'attendait pas, Robert Le Prince qui ressemblait à un athlète grec, cheveux gominés tirés en arrière avec une petite queue, répondit :

— Dans le jardin, sur un fil. Je suis fils unique, c'est ma mère qui s'occupe de ça ! Mes parents habitent Melon. Ma mère est connue au pays, c'est elle que l'on rencontre sur la route touristique, tous les jours, en train de marcher avec des bâtons de marche nordique ! C'est la seule pour l'instant, on en voit pas d'autres. Elle va faire école, je suis sûr. C'est moi qui lui ai conseillé, elle commence à se voûter.

— Vous connaissiez bien Christalline au point de savoir son âge ?

— À 500 m de chez moi, c'est pain béni, enfin, c'était pain béni et elle ne ménageait pas sa peine, la belle Christalline ! Vous faites comment vous, Major, quand vous êtes en opération ?

— C'est moi qui pose les questions, pas vous, jeune homme ! Merci, très intéressant votre témoignage ! Vous ne quittez pas la commune, sans me prévenir, bien sûr ! Avant de sortir, l'Identité judiciaire va vous faire un prélèvement pour la détermination de votre ADN. Direction l'infirmerie !

— Bien évidemment, mes hommages à Madame Tromeur !

Le Major n'aimait pas l'ironie de Robert Le Prince, il n'aimait pas son torse bombé même si c'était une déformation due au mouvement du lanceur de javelot, il n'aimait pas sa phrase de départ prononcée à la sauvette. Comment pouvait-il savoir qu'il trompait Madame Tromeur avec Josette, la jolie caissière du Lidl ?

Il éprouva le besoin de boire un petit café avant de recevoir Hamon.

Sur son bureau, il trouva le rapport du laboratoire de la PTS (Police technique et scientifique) de Brest pour les ADN du slip et de la petite culotte négligemment abandonnés sur le dossier de la chaise : pour la petite culotte, pas très surprenant, c'était celle de Christalline et en lui-même, le Major pensa qu'il aurait presque pu faire l'économie d'une analyse, mais maintenant, c'était la procédure.

Pour le slip, pour l'instant, ça n'avait pas matché avec la collection testée à partir du fichier national.

Ce fut alors le tour d'Hamon qui ne put retenir ses larmes alors qu'il bégayait quelque chose d'incompréhensible au milieu de deux sanglots :

— Prenez un mouchoir mais pas deux, dans la gendarmerie, on n'a pas trop les moyens ! Allez, on y va ; nom, prénom, profession.

— Kerbijec Hamon, retraité de la Royale et qui en est fier… Indochine, Mururoa, Mayotte, Brest ; il fut repris d'un sanglot qu'il étouffa en se cachant le visage dans les mains.

— Vous ne pouvez pas dire « marine nationale », comme tout le monde ; et stupéfait de voir ce grand gaillard, incapable de contrôler son chagrin :

Vous étiez liés à ce point mais pas au point de l'étrangler quand même. Vous avez un bateau ? Il venait de lui apparaître qu'il valait mieux suspecter un pêcheur en mer qu'un pêcheur de truites. Le nylon était plus robuste pour sortir un beau bar du côté de Men ar Pic que pour ferrer une fario dans le ruisseau de Tro Milin.

— Pour sûr que j'ai un bateau, heureusement pour compléter ma retraite. Parce que 50 € toutes les semaines, quelques fois plus, il faut les trouver. J'voudrais pas me vanter, mais le chiffre d'affaires de la petite, c'était moi ! Dire que tout ça s'est fini… Une belle gosse comme ça ! C'est pas la Marianne juste en face qui va la remplacer quand même ! Et il partit dans un sanglot incontrôlable.

— Allons, Hamon, allons, Hamon, courage, il faut qu'on parle encore un peu. Hier au soir, vous aviez l'air d'attendre votre tour, vrai ?

— Ben oui, c'était mon jour et j'enrageais qu'elle m'ait pas encore appelé parce que moi, je n'attends pas à la porte de la caravane. Normal, un bon client comme moi. Comme j'habite pas loin, quand c'était libre, elle ouvrait la porte de sa caravane et elle mettait à tue-tête « Et j'entends siffler le train » de Richard Antony. Ça nous faisait marrer ce code car des trains, ici, on n'en entend pas beaucoup, quoiqu'autrefois, il y a dû en avoir, la voie ferrée n'est pas loin. C'est elle qui avait eu l'idée. Elle était intelligente la petite. Et il se remit à pleurer.

— Bon, Hamon, merci. En tout cas, s'il y a quelqu'un qui a de la peine, c'est bien vous. Demain, à marée haute, à Trémazan, il y a un gars de chez moi qui montera à bord de votre bateau. Tenez-vous à sa disposition. Vous vous mettrez au corps mort et vous viendrez le chercher avec l'annexe à la grande cale. Compris Hamon ? Prélèvement ADN, la procédure, direction infirmerie.

— Com… Com… Compris, Major. Et dans un bégaiement épouvantable, il réussit à dire ; je me tiens à la disposition de la justice de mon Pays.

Au moment où il le raccompagnait, le Major Tromeur pensait qu'Hamon devait bien être le seul à ne pas avoir pu étrangler Christalline. Jaloux ? Pas forcément, trop accro à son plaisir hebdomadaire… Enfin, il fallait tout vérifier. Le fil pour la pêche en mer ?

Le dernier à écouter était Jean-Philippe Rago, celui qui diffusait le plus d'informations sans qu'on le lui demande. Dans le quartier du Hellen, on le surnommait « l'homme au petit chien », car le rythme de vie de cet ancien de la marchande était conditionné par les besoins de son compagnon. Il semblait vivre seul et on ne le voyait jamais encombré par une présence féminine, c'est d'ailleurs lui qui utilisait le qualificatif « encombré » lorsqu'il s'analysait, aidé par deux ou trois bières.

Il allait expédier ça et il ferait une petite visite à la caissière du Lidl entre midi et deux, c'était le jour où il autorisait Madame Tromeur à aller faire des courses à Brest. Il connaissait bien Jean-Philippe parce qu'avant de rentrer dans la gendarmerie, ils étaient tous les deux pompiers bénévoles. Alors :

— Comment va Jean-Phil ? Quelle histoire ! Qu'est-ce que tu peux me dire de tout ça ? Ton sentiment ?

— Tu sais, Henri !

— Ici, c'est Major, Jean-Philippe, on ne peut pas se permettre de familiarités lors d'une audition de témoins de cette importance.

— La seule chose que je peux te dire, c'est que la petite Christalline était rudement attirante. Les cinq qu'on était l'autre soir autour de la caravane, c'est peut-être pas suffisant, elle avait bien étendu sa clientèle et avec ses airs de sainte nitouche, le javeloteur n'était pas le dernier. Au hit-parade, comme ils disent à la télé, je le mettrai bien à égalité avec Hamon mais tellement plus beau et délicat.

— Tu vas aussi me raconter qu'il faisait ça mieux que lui, si ça continue. T'étais pas là pour tenir la lampe !

— Non, c'est vrai, mais l'autre soir quand je promenais Surcouf, j'ai entendu une sérieuse dispute chez le javeloteur. La fenêtre était ouverte et la seule chose que j'ai entendue : « tu ne vas tout de même pas me faire ça, maintenant que tu es revenu, moi qui t'aime tant ! »

— Faire quoi ?

— Si je savais, je te le dirais !

— Bon, Jean-Philippe, je compte sur toi, tu sais que tu es mon plus sûr informateur du quartier. Ouvre grand tes yeux et tes oreilles et rapplique à la moindre alerte. Fake, pas fake, on vérifiera. Midi et quart, je suis déjà en retard… Je file sur une autre affaire ! Prélèvement ADN, tu n'es pas dispensé, Jean-Phil, bien que tu ne sois pas mon principal suspect !

Quand il revint à 14 h 5, rassuré une fois de plus sur ses capacités de séduction et sa virilité, le Major Tromeur pensa qu'il fallait débriefer avec son équipe et faire le point sur les auditions du matin.

Il lança au planton de garde : « Grande réunion dans mon bureau à 14,30. Tu fais passer ! »

L'enquête piétine

Quand ils pénétrèrent dans la pièce, il avait les pieds sur le bureau, signe de réussite et de contentement et il ne quitta son téléphone des yeux que quand ils furent au complet.

Alors, il les rejoignit autour de la table de réunion :

— Alors, les « mecs », je vous ai demandé de venir pour faire le point sur l'affaire de l'année et faire le programme pour les jours à venir. De mes auditions de ce matin, qu'est-ce que je retiens ? Pour rappel, j'ai auditionné six personnes :

– Jean-Marie Quéméner, le Maire de Landunvez : à vrai dire, j'ai plutôt échangé avec lui que je ne l'ai questionné. On n'est jamais sûr de rien mais compte tenu du programme affiché de sa soirée…

– Marianne Kerjean qui m'a avoué qu'elle aurait bien fait un peu du métier de Christalline au lieu de subir son ivrogne de mari. Un indice à creuser, je ne crois pas !

– Maximilien, le rebouteux qui m'a conseillé de citer Lacan dans mon rapport. Seule contribution à l'enquête. Ça nous fait pas beaucoup progresser.

– Hamon Kerbijec qui a beaucoup pleuré, pas trop bégayé mais ne m'a pas parlé des bordels de Manille, cette fois. Je garde présent à l'esprit qu'il était le principal consommateur local avant l'arrivée récente du javeloteur. À ce propos, il serait utile de savoir la date exacte de son arrivée à celui-là.

– Robert Le Prince, Le Prince, en deux mots, attention les « mecs », ne vous trompez pas, ça l'irrite, le javeloteur ! Jalousie entre Hamon et lui, consommateur de deuxième rang ? À creuser.

– Jean-Philippe Rago qui est aux aguets. Je le connais bien Jean-Phil, on a été pompiers ensemble.

— J'ai fait une connerie, les gars, je vous la confesse tout de suite et ça pourrait ressembler à du favoritisme et m'être reproché. J'ai oublié de faire faire un prélèvement ADN au Maire. Un acte manqué comme disent les psychologues qui prouve que je l'exclue a priori des suspects voire des coupables et qu'il n'était présent sur la scène du crime que dans l'exercice de ses fonctions de premier élu de la Commune. Ce n'est pas bien, ce n'est pas la procédure !

La petite culotte sur le dos de la chaise, c'est bien celle de Christalline, le slip, inconnu, qui laisse à penser que le supposé coupable est parti en courant après avoir commis son étranglement. Car la légiste confirme bien qu'elle est morte par étranglement, notre Christalline, pas un fil d'acier ou une ceinture enlevée d'un pantalon, cependant, le labo a retrouvé des composants du nylon.

Et se tournant vers un collaborateur sur sa droite :

— Daniel est ce que tu as pu monter à bord du bateau d'Hamon ?

— Oui, oui, dès ce matin aux aurores, enfin vers 8 - 8,30, c'était marée haute, je l'ai consigné sur mon PV, je l'ai mis sur votre bureau, Major !

— J'en doute pas, Daniel, mais à la reprise, un peu fatigué par les évènements, tu comprends ! Alors ?

— Ben, Hamon, il ne va pas très loin mais il a quelques lignes de fond, une ou deux « paravanes » pour le lieu et le bar, des mitraillettes quand il fait du maquereau. Oui, il a aussi deux casiers à bord… Enfin, rien que du classique, quoi !

— D'accord, d'accord, mais ce qu'il faut retenir c'est qu'il a du nylon et qu'il achète des bobines de nylon quand il n'en a plus, comme tous les pêcheurs !

— Pour les tests ADN, il faut que vous sachiez qu'aucun des relevés ne matche avec les cinq d'hier au soir qui sont venus déposer ce matin.

— Cependant, la PTS me signale, mais je ne comprends pas qu'il y a une moitié de l'ADN du javeloteur qui matche avec de nombreuses empreintes ! Il y a un codicille de bas de page qui stipule de ne pas en tenir compte pour l'instant ! D'ailleurs à propos du javeloteur, tenez-le à l'œil parce que mon informateur me signale un va-et-vient sexuel significatif au niveau de sa crèche à cochons. Car ce qu'il habite, ce n'est rien de plus qu'une crèche à cochons réhabilitée et puis il me demande de transmettre ses hommages à Madame Tromeur ! Enfin, ça s'est OFF, Yves, tu ne le mets pas au PV.

— Dès demain et en commençant cet après-midi, c'est encore bien mieux, on cerne le quartier du Hellen, par équipe de deux, dernière ronde vers 23 h dont je me charge avec un volontaire désigné, Daniel.

— Enquêtes de voisinage. Rencontres fortuites… On discute avec ceux qui veulent bien parler et on met tout en commun au rapport de 8 h dans deux jours sauf urgence ! Des questions ? Pas de questions, au boulot !

Après autopsie à l'Institut médico-légal (IML) de Brest qui l'avait autorisé, l'enterrement s'était fait à l'église de Landun' après une veillée de prières presque exigée par Marianne qui avait dit à Jean-Marie de façon très crue :

— Ce n'est pas parce qu'elle savait lever les fesses qu'on ne peut pas prier pour le repos de son âme, enfin quand même. Où est-ce qu'ils vont aller maintenant les Hamon, les Seph, tous les gars qui n'ont plus rien à se mettre sous la dent ?

— Sous la dent, comme vous dîtes ! D'accord, d'accord, Marianne, on va faire parce qu'elle n'a pas de famille, c'est à nous, Mairie, de faire !

Cette veillée avait été marquée par le spectacle donné par Hamon qui après avoir avoué qu'il avait fumé deux p'tits joints s'était mis à décrire les charmes de Christalline en s'adressant à Maximilien, le Docteur psychologue :

— Vous, vous ne les avez jamais caressées, ses deux mamelles laitières, vous n'avez jamais mordillé ses bouts de seins… Rien que d'y penser… moi, si vous voyez ce que je veux dire, ça me fait de l'effet !

Sous cannabis, il ne bégayait pas mais sanglotait encore plus fort. Jean-Marie essayait de le calmer mais il reprenait de plus belle :

— Et son Pondichéry ! même en Inde sur place, je n'en ai jamais rencontré d'aussi accueillant, pourtant là-bas, j'ai consommé, non d'une pipe ! Une escale toutes les trois semaines, il fallait rattraper le retard.

Et s'adressant au javeloteur qui, avec un sourire aux lèvres offusqué, trouvait le spectacle plus que surprenant :

— Et, toi, tu la vivais comment ?

Robert Le Prince n'eut pas le temps de répondre car Jean-Marie, avait jugé bien séant d'interrompre ces échanges peu adaptés à une veillée de prières.

Cette conclusion un peu brutale ravit le Recteur qui bénit une nouvelle fois le corps de Christalline et entonna le *Salve Regina.*

À l'initiative de cette même Marianne, un « comité de quartier » s'était créé avec le désaccord de Monsieur le Maire à qui elle avait caché qu'ils avaient l'intention de s'armer mais également sans l'accord d'Henri Tromeur, car tout le monde trouvait que l'enquête n'allait pas assez vite. Le grand argument de l'initiatrice qui le répétait à chaque interlocuteur rencontré était qu'on allait faire l'affront à Christalline de l'enterrer sans connaître son assassin et elle ajoutait :

— Oh, gast, ça, c'est pas chrétien !

Alors, elle était allée voir Jean-Marie qui l'avait reçue sans rendez-vous et elle en était très fière :

— Moi, je lui ai dit, il faut qu'on l'aide le Tromeur, sinon, il ne trouvera jamais. Pour moi, c'est clair comme l'eau de la Fontaine Sainte Haude, c'est le javeloteur qui a fait le coup. Gros consommateur, le gars et il n'aimait pas passer après Hamon qui payait toujours un peu plus cher pour bénéficier d'une place gardée. Une sorte de pourboire quoi !

Alors Jean-Marie, une fois de plus, lui avait répété qu'il fallait respecter la présomption d'innocence, laisser la justice effectuer son travail, au risque de s'attirer de graves ennuis judiciaires. Mais rien ne l'arrêtait :

— Si c'est pas lui, ben c'est le Maximilien, le rebouteux, car celui-là, avec ses airs de ne pas y toucher, il se trahit.

— Mais Marianne, vous remettez ça !

— Moi, avec mon expérience des hommes, ça m'étonnerait qu'il ait bien ce dont il a besoin à la maison. Et puis, disait-elle, il y a une dernière chose qui me turlupine. Pourquoi la Monette, la Docteur Pratividec, veut pas nous aider à dénicher le gars qui a fait le coup. Elle est bien placée, elle, en plein milieu de la route du Hellen, pour tout voir et tout entendre !

— Marianne, heureusement que nous sommes seuls dans mon bureau à la Mairie ! Marianne, je ne crois pas que ce soit une bonne idée cette enquête parallèle !

— De toute façon, tout ça devait arriver dans ce quartier maudit. Vous voulez que je vous dise, Monsieur le Maire, la veille du meurtre, j'ai rencontré un moine, pas un blanc, non un vrai, pieds nus dans ses sandales, un marron qui, seul, route de Mez Lan, le chapelet à la main, faisait ses prières. Ma mère qui, comme moi, était très croyante, disait toujours que ça annonçait un grand malheur ! Je vous fais pas la démonstration. C'est Christalline qui a trinqué !

À la messe d'enterrement, Jean-Marie, à qui le Recteur avait demandé de prendre la parole, évoqua le passé de la défunte : « enfant de la DASS ayant traversé bien des galères mais qu'il n'est guère chrétien de condamner. »

Et d'ajouter :

« Qui peut condamner un être aussi fragile obligé d'améliorer son ordinaire par des activités lucratives de luxure ? »

Il fut interrompu par les reniflements bruyants et les sanglots d'Hamon qui remettait ça mais aussi par la contestation en sourdine du Seph, éternel opposant où qu'il soit qui ne pouvait s'empêcher de maugréer dans l'assistance allant jusqu'à dire :

« Il y en a d'autres, dans ta famille, qui ont eu des activités lucratives et qui s'en sont foutus plein les poches… »

Tout le monde avait fait signe à Seph de se taire, le fusillant du regard et Isidore, le frère de Jacques, s'était levé, retenu par la manche par son père Pierre-Yves.

Jean-Marie ne s'était pas laissé démonter :

« Ceux qui sont les premiers à condamner alors qu'ils ne sont eux-mêmes pas indemnes de tout soupçon d'avoir entretenu cette luxure, doivent reconnaître que la Justice des Hommes exerce toujours son droit sur ceux qui fautent. Certains payent en prison et à leur sortie, la Société leur offre la possibilité, pas toujours facile, de se racheter, mais, pour Christalline, cette pauvre petite orpheline dont l'éducation s'est faite dans les maisons de redressement, avant qu'elle s'en échappe, le jugement a été radical !

L'étrangleur ou l'étrangleuse est parmi nous, qu'il ou qu'elle se dénonce, ça économisera au Major Tromeur et à ses collaborateurs bien des heures de travail minutieux et à nous Landunvéziens de nous regarder en chien de faïence et de nous soupçonner les uns, les autres. »

À l'évocation de son nom, le Major Tromeur, en uniforme, son épouse à ses côtés, s'était redressé, mais le Recteur avait fait un signe à Jean-Marie, lui demandant de conclure :

« Une dernière chose. À l'unanimité et là, Seph ne pouvait pas s'y opposer, le Conseil municipal a décidé de financer la sépulture de Christalline, au motif qu'elle exerçait une sorte de mission de service public. Je sais que certains seront peut-être surpris, voire choqués mais en tout cas pas Marianne qui a beaucoup insisté auprès de moi pour qu'il en soit ainsi. Christalline faisait partie sinon de notre patrimoine en tout cas du paysage mystérieux de la route du Hellen. »

En regagnant sa place, Jean-Marie évaluait qu'il avait été sans doute trop loin dans le soutien témoigné à une de ses administrés. Pour la première fois depuis bien longtemps, lorsqu'il s'assit, Marie-Jeanne, son épouse, ne lui fit pas un sourire et ne lui adressa aucun compliment !

Dans le nouveau cimetière, la mise en terre de Christalline se fit dans le silence et une fois le cercueil descendu dans la profondeur du caveau, chacun jeta une poignée de terre en signe d'un au revoir pour les croyants et d'un adieu pour les athées.

Marianne avait souhaité que l'on puisse jeter une fleur blanche mais là Jean-Marie s'y était opposé en raison du coût, avait-il argumenté.

Au rapport n+2, le Major Tromeur fit part de son mécontentement. L'enquête piétinait, les choses n'allaient pas assez vite à son goût…

Lui-même était allé voir Monette, mais sans résultat. Il avait trouvé la porte ouverte et elle lui avait expliqué qu'elle aimait accueillir ceux qui sortaient de prison et venaient lui vendre des savons ou du parfum :

— Mais non, je ne risque rien, Major, je n'ai pas exercé le même métier que Christalline ! Quelle affaire, quelle cruauté, juste au bout de notre rue. Moi, je ne suis pas souvent à « bagnauder » dans la route du Hellen, je n'ai pas grand-chose à vous dire, rien vu, rien entendu, vous avez idée de qui a pu faire ça ?

— Non, Monette, je ne viens pas vous voir pour des observations qui pourraient nous mettre sur une piste, quoi que si vous aviez quelque chose à me dire sur votre voisin plus haut le professeur d'éducation physique du collège…

— Le beau jeune homme, très poli qui n'oublie jamais de me saluer ? C'est à lui la voiture jaune ? Remarquez, elle ne me gêne pas, je ne conduis plus, mais elle est juste sous mes fenêtres et autant elle est désespérément vide le jour, autant j'ai l'impression qu'elle se remplit la nuit… J'entends des choses… Vous pigez, avec votre air de ne rien comprendre du premier coup !

— Je pige, je pige, mais je venais plus vous voir pour un renseignement, une information médicale ! L'ADN, ça vous dit quelque chose ?

— Major, je lis « la Revue du Praticien » tous les mois ! Ça doit bien vous aider l'ADN pour identifier les empreintes ?

— Justement, pour le javeloteur, celui que vous trouvez si poli…

— Lui faites pas de mal à celui-là, c'est pas lui, on dirait un Dieu de l'Olympe ! Ça vous dit quelque chose l'Olympe ? Les Jeux olympiques, la Grèce antique ?

— Ça me dit, mais moi, mon problème, c'est la moitié de l'ADN de Robert Le Prince qui matche, mais seulement la moitié… Remarquez, avec un nom pareil, ça ne m'étonne pas, il fallait s'y attendre à ce qu'elle nous fasse des ennuis cet ADN de Prince.

— Pour ça, Major, il n'y a pas d'explication dans ma Revue du Praticien, mais je peux demander autour de moi :

— Surtout pas, Docteur Pratividec, secret de l'enquête, secret médical !

— Vous avez raison, moins on en parle, mieux c'est. Venez donc, je vais vous donner un joli bouquet de roses pour Madame Tromeur. Vous ne devez pas être beaucoup à la maison avec toutes ces enquêtes, ça vous fera pardonner. En lui donnant, vous l'embrassez en disant :

Laissez vivre les fleurs,
Le temps qui est le leur.

Ça vous sortira de vos ambiances morbides !

Et le Major avait quitté le grand jardin de la « Maison des toubibs », un bouquet à la main qu'il s'empressa de cacher dans son coffre de voiture de service.

Daniel pistait Hamon. Il avait interrogé les deux frères qui à longueur de journée, assis sur leur rocher, ne pouvaient rien manquer de ce qui se passait à la cale de Trémazan. On leur faisait confiance pour toutes les nouvelles « marines » depuis qu'ils avaient entendu les signaux de détresse de l'Amoco Cadiz, deux courts et un long se délectaient-ils à dire, ce pétrolier battant pavillon libérien, qui en panne de gouvernail depuis le Portugal, était venu s'empaler sur Corn Carré déversant ses 220 000 tonnes de brut.

Si, ils lui avaient rapporté qu'Hamon, lorsqu'il partait en mer, mettait à tue-tête la chanson des années 60 de Richard Antony « Et j'entends siffler le train ». Selon le sens des vents, on l'entendait très longtemps et rendu sur sa base de pêche qui se situait entre Men ar Pic et le phare d'Argenton, on pouvait encore entendre Richard Antony chanter quand les vents étaient au Nord-Ouest et ramenaient le son à la côte. C'est pourquoi sur le sentier de la route touristique, beaucoup se demandaient quel était ce bateau fantôme qui semblait sans marin à bord mais émettait de la musique. Certains étaient même allés jusqu'à appeler la SNSM qui en entendant le nom de baptême du bateau « P'titvonic » répondait « ne vous inquiétez pas, c'est Hamon, un ancien de la Royale ! Il sait ce qu'il fait le garçon ! »

Tromeur lui expliqua que de son interrogatoire, il ressortait que c'était aussi le mot de passe pour rappliquer vite fait à la caravane de Christalline, synonyme de « la place est libre ». Elle aussi mettait à tue-tête la chanson qu'il entendait depuis chez lui.

Daniel ne put s'empêcher de rétorquer que cet Hamon était vraiment en situation de privilège et que ça serait bien étonnant que ce soit lui l'auteur de l'étranglement.

Tromeur, après l'avoir rabroué, demanda qu'on lui fasse un point sur les fils de nylon. Qui est allé à Bricorama ?

Yves, son second s'en était chargé mais le nouveau directeur du Bricorama l'avait reçu assez sèchement n'étant pas du tout d'accord pour mettre un personnel sur les archives de vente du fil nylon pour étendage sur les six derniers mois. Ils s'étaient même « engueulés » avant de prendre la direction du rayon pêche du Centre Leclerc.

Il connaissait bien le responsable et ensemble ils se dirent qu'il fallait aller aussi à la Coopérative maritime de Portsall.

— Pour ici, au Centre Leclerc, finalement on ne voit pas les vrais, toujours les mêmes mais plutôt amateurs que professionnels. En tout cas, route du Hellen, Toulran et Kervajean, Yves, je ne vois personne. Demande à Dédé à la Cooper, il en aura plus à te dire.

Yves se pointa à 15 h à l'ouverture car il connaissait Dédé qui n'aimait pas qu'on l'embête quand il faisait le réassortiment de ses articles sur les rayons. Aux questions, Dédé avait répondu :

— Ben, oui, Hamon, ces derniers temps je l'ai vu. Il avait besoin de fil pour ses lignes de fond mais en ce moment ils viennent tous se réapprovisionner chez moi, les Edouard, les Marcel, les Etienne…, ils sortent tous les jours par ce beau temps. Oui, Hamon, je m'en souviens maintenant, il m'a dit qu'il avait accroché et qu'il y avait laissé beaucoup de fil. Je m'en souviens, il a même ajouté, j'aurais préféré que ce soit un gros qui me casse, enfin, c'est rare !

— C'est tout ?

— Ben, dis donc, j'suis pas une balance, moi ! C'est en rapport avec la caravane du Hellen, tes questions ? En tout cas, elle était bien belle la petite, elle est même venue m'acheter du fil de nylon, un jour pour attacher sa porte qui ne fermait plus. Belle fille, mon vieux ! En tout cas le Hamon, à chaque fois qu'on lui en parle, il pleure en bégayant ! D'après ce que j'entends, il y a peut-être pas que lui qui pleure mais ce qui est sûr, c'est qu'il y a que lui qui bégaie…

— M'embrouille pas Dédé, t'en vois d'autres qui auraient pu faire un coup pareil.

— Comme tu y vas, moi je ne suis pas gendarme.

— T'en sais trop et tu n'en as pas dit assez, attention Dédé si tu me mènes en barque ! Je reviendrai.

— Ben, si tu veux et tu m'en offriras une au « Col des mousses ».

— En tout cas, jamais pendant le service, mais, sûr, je reviendrai te voir.

Tromeur reprit la parole :

— Et les étendages ? Qui a fait le tour des jardins ?

— C'est en route, Major, répondit Bruno qui s'y était collé. Si je ne peux pas rentrer, je regarde par-dessus le mur et je ne suis pas toujours bien accueilli. D'après mes premières constatations, il y a beaucoup d'acier.

— Pas de pot. Continue et tu nous en parleras au n+3. Je te rappelle que la PTS et la médecin légiste ont trouvé sur le cou des débris de plastique qui pourraient provenir d'un fil en nylon. La toubib a même précisé le diamètre approximatif en fonction des traces mesurées.

Tromeur, lui, était obsédé par la route touristique et il y passait au moins deux fois par jour, une fois le matin, une fois l'après-midi, en variant les horaires en fonction des marées. Il lui paraissait impossible que la chance ou le hasard ne le conduise pas un jour à rencontrer quelqu'un à l'allure suspecte qui le conduise sur la piste de l'étrangleur ou de l'étrangleuse.

Les surfeurs, qui faisaient du moré, cette petite planche sur laquelle ils s'allongent, profitaient des belles vagues de la marée montante et d'un peu loin, on aurait pu confondre les silhouettes noires avec des phoques venant se réchauffer sur les rochers au soleil.

Amateur de belles silhouettes, comme il disait, il y trouvait son compte et regardait à la jumelle les filles à l'arrière des voitures en train d'enlever ou de mettre leurs combinaisons. Il observait aussi plus au large les goémoniers qui activaient leurs scoubidous, les bateaux qui étaient en pêche ou relevaient leurs casiers et parfois le ferry pour l'Irlande.

Il les regardait mais sans savoir exactement ce qu'il regardait et pourquoi.

C'était à terre qu'il fallait les suivre si tant est qu'ils soient suspects parce qu'en mer, ils ne pouvaient guère commettre d'actes de malveillance à part se noyer à cause du chagrin ou du remords.

Avant Penful, dans la descente du sémaphore, il prenait à gauche, remontait sur Keroazoch, traversait Langoz et par la route qui menait à Ty Pri, faisait un saut à Toulran où il était intrigué par une maisonnette en bois blanc… Un dimanche où il se promenait main dans la main, avec Madame Tromeur, il avait vu rentrer de façon très précipitée, une très jolie jeune femme descendant d'une voiture au volant de laquelle, il avait cru apercevoir comme un Milord… Pas un gars d'ici, s'était-il dit.

Ce Milord, il l'avait identifié à nouveau sur le parking des camping-cars, assis dans sa voiture, fenêtre du chauffeur ouverte, observant à la jumelle, les allées et venues sur le sentier piétonnier. Sa voiture, une BMW noire, était immédiatement repérable car immobilisée en parallèle à la mer pour faciliter ses observations alors que les autres véhicules se garaient toujours en marche arrière, le capot moteur en direction des rochers. Il avait consigné sur son cahier d'observations l'immatriculation dans le Rhône, 69 et qu'il avait reconnu le Milord de Toulran, qui supposait-il, jaloux, observait les allées et venues de sa belle ou en cherchait une autre.

Maintenant, avec l'affaire Christalline, il se posait la question d'un réseau de prostitution…

Toulran, en tout cas, il aimait bien s'y promener et il comprenait qu'avec le chant des grenouilles, on vienne s'y perdre. Un jour ou l'autre, il trouverait.

Les affaires se succèdent

Le Major Tromeur fut réveillé dans la nuit : « une jeune femme ramenée à la côte dans la “Crique des Trépassés”, à Trémazan. Grosse plaie sur le côté. Stop. Médecin légiste convoquée. PTS convoquée. Maire prévenu. Stop »

Le Tam Tam venait de « grigriter » sur sa table de nuit et Henri Tromeur donna un baiser sur le front de son épouse qui lui dit :

— Tu t'en vas encore ? Ça n'en finira donc jamais cette histoire de la route du Hellen ?

— Rendors-toi ! On prend le petit déjeuner ensemble !

Quand il monta dans sa voiture, sa montre indiquait 3 h 40 et il ne mit pas le gyrophare. On était à la mi-octobre et ici, sur la côte, il faisait frais avec ce vent qui soufflait du Nord-Est. Henri Tromeur ferma sa vareuse jusqu'en haut et mit son bonnet de laine réglementaire car lui qui avait eu plus jeune une abondante chevelure bouclée, voyait ses cheveux commencer à s'éclaircir.

La « Crique des Trépassés », mauvais souvenir, c'est là qu'il avait vu pour la première fois Jacques en train de décharger la cargaison qu'il prenait en compte pour la convoyer à Paris. Devait-il intervenir tout de suite ou devait-il patienter pour coincer tout le réseau et le donneur d'ordres ? Il avait préféré jouer la patience et échanger avec le service des Douanes qui, il en avait été averti, était déjà sur le coup.

Là, en se rendant sur place, cette affaire lui évoquait celle de Port Mazou. Une fille avait été retrouvée, il y a trois mois à peu près, à marée basse, enroulée dans les piquets sur lesquels s'amarraient les bateaux. C'était la brigade de Saint Renan qui avait pris l'affaire, c'était sur son territoire mais son collègue l'avait appelé et tenu au courant en raison de ramifications possibles sur les communes voisines. Elle était habillée et était sans doute tombée d'un bateau que l'on n'avait jamais retrouvé. Dans ces cas-là, on se demande toujours si on ne l'a pas poussée. L'IML, dans son rapport, avait bien précisé qu'il n'y avait aucune trace sur le corps témoignant d'une bagarre ou d'une agression sexuelle préalables au drame. L'enquête avait conclu à une noyade mais il ne se souvenait plus de l'identité de la victime, sa mémoire lui faisait défaut mais il lui semblait que ce n'était pas une fille du pays.

Quand il arriva, les pompiers étaient là et ils avaient mis le corps dans cette bâche qui permet de le transporter à l'Institut médico-légal. Au moment où Jean-Marie le rejoignait, il demanda à voir le corps et il observa la plaie sur le côté.

La médecin légiste dirait ce que ça lui évoquait mais il pensa tout de suite que ça pourrait bien être une blessure par harpon, pourquoi pas par javelot et le visage de Robert Le Prince lui apparut en train de lancer son accessoire dans les garennes de la route touristique, enfin, une blessure par chute sur une ancre.

Non, il ne fallait pas tirer de conclusions hâtives, celles du médecin légiste lui parviendraient sous 48 h, c'était ça le délai habituel.

Jean-Marie, lui, paraissait accablé et il s'en épancha :

— Notre petite commune fait le plein. Pour vous et vos deux galons, c'est pain béni, pour moi et ma réélection, ce n'est pas sûr que ce soit l'idéal !

— Les administrés sont plus attachés à leur tranquillité qu'aux romans policiers !

— On va voir, Monsieur le Maire, mais en première intention, je ne vois pas cette affaire reliée à celle de la route du Hellen. Le visage, connais pas, je ne peux pas connaître ou reconnaître tout le monde. On va chercher dans nos fichiers.

— En tout cas, cette plaie sur le côté ne me dit rien de bon. Faut voir ! Je vous tiens au courant dès que je sais quelque chose.

Lorsqu'il rentra à la brigade et poussa la porte de son logement, Henri Tromeur trouva Madame Tromeur en nuisette qui préparait le petit déjeuner. Il était 6 h 20 et toujours très sensible à sa beauté, il la prit dans ses bras et la caressa longuement.

C'était une très jolie femme originaire, elle, de Saint Pabu, fille de marin pêcheur à qui sa mère avait inculqué la patience d'attendre et le devoir d'honorer son mari à son retour.

Elle se laissa caresser misant sur l'après petit déjeuner, quoiqu'en uniforme il n'y avait pas beaucoup de chances qu'il s'attarde et elle n'avait pas tort car Henri avertit qu'il avait faim et que l'air de la route touristique l'avait creusé. Ils étaient seuls dans cet appartement de la brigade et malgré leurs 15 ans de mariage, ils n'avaient jamais réussi à avoir d'enfants.

Solange avait accepté de subir tous les traitements possibles et imaginables d'ovulation provoquée et de PMA mais elle ne pouvait pas offrir d'accueil au fœtus et avait fait de très nombreuses fausses couches.

Maintenant, c'était trop tard et son organisme, sa physiologie ne permettaient plus d'espoir.

Lorsqu'elle rejoignit Henri sous la douche, il nota comme elle était encore belle. Ils eurent une relation affectueuse et pleine d'enthousiasme, dynamisée par ce filet d'eau tiède qui coulait sur leurs dos. En se séchant dans la même grande serviette, le Major

Tromeur se jura de rompre avec la belle et jeune caissière du Lidl, Madame Tromeur ne méritait pas d'être trompée même si elle n'avait pas pu lui donner d'enfants.

En arrivant dans le service, il convoqua tout le monde au rapport n+3.

— Alors les « mecs », les affaires se succèdent. Daniel vous l'a déjà dit puisque c'est lui qui assurait la permanence, cette nuit, une fille à la côte vers 3 h à marée basse dans la « Crique des Trépassés ». Direction IML avec une blessure sur le côté droit, je l'ai vue, pas belle à voir après un séjour prolongé dans l'eau.

Et chacun donna alors son avis sur cette nouvelle affaire :

— Yves : les rochers sont coupants avec toutes les berniques. Une pointe de bernique, ça vaut une lame de Laguiole. Douze, treize ressacs et c'est bon !

— Major : moi, je ne dis pas non mais pas aussi profonde que ça. Mon intuition me fait penser, harpon de pêche sous-marine, ancre ou grippe de bateau, flèche mais je ne sais pas s'il y a beaucoup d'Indiens à Trémazan… javelot !

— Yves, alors là, major, tu fais une fixette sur le javeloteur.

— Major : je ne sais pas, on verra, pas trop d'idées préconçues qui puissent nuire à l'enquête mais va donc faire un tout au Club de tir à l'arc de Saint Renan qu'on dédouane vite fait cette affaire. Tu me rapportes la liste des pratiquants, nom, prénom, adresse, téléphone s'il y en a un. Christalline, les mecs, ça avance ?

— Bruno : je suis en train de te préparer la liste des étendages nylon. Route du Hellen et plus large.

— Daniel : Hamon RAS.

Tout ça laissait le Major perplexe et se levant brusquement :

— Moi, je file voir Monette, je suis sûr qu'elle en sait plus qu'elle n'en dit. Ce foutu secret médical. Quand elle est dans son carré de rosiers, elle voit tout, elle entend tout… et puis, je ferai une petite visite au javeloteur.

Le téléphone sonna, c'était le Procureur qui lui demandait d'accélérer la procédure « Crique des Trépassés » car un évènement sur la route touristique, c'était vu de tout le monde alors que, qui savait où se trouvait la route du Hellen ?

Cette réflexion heurta la conscience professionnelle du Major. Il traitait toutes les affaires avec la même rigueur et ne les hiérarchisait pas. Enfin, nous verrions bien !

Il tira la cloche de Ker an Guen et quand on connaissait les habitudes de la maison, il ne fut pas surpris que personne ne vienne à sa rencontre. Il s'excusa de cette heure pas idéale pour venir chez les gens et Monette lui fit remarquer qu'elle aimait manger chaud mais ajouta-t-elle, c'est moins grave que de me déranger quand je regarde la messe à la télé le dimanche :

— Mais si vous me dites que Madame Tromeur vous envoie pour me remercier de mon bouquet de roses, alors, vous êtes excusé, Major !

Qu'est-ce qui vous amène ?

— Je venais pour vous parler de Monsieur Le Prince, en deux mots.

— Vous me dérangez pour me dire juste deux mots sur Monsieur Le Prince ?

— Bien sûr que non !

— Alors, pourquoi lui reprochez-vous qu'il exige qu'on écrive son nom de famille en deux mots. Si vous aviez connu mon défunt mari et aviez eu l'outrecuidance d'écrire Prativideс « eck » pour faire plus Europe centrale, vous n'auriez pas franchi le poscaé !

— Mais non, je sais qu'il est très poli Monsieur Le Prince, mais je venais vous faire une petite visite pour savoir si vous aviez progressé sur l'ADN.

— La moitié de son ADN qui matche comme vous dites, moi, je vous le dis Major, ce n'est pas lui qui a étranglé Christalline !

— Eh bien, vous voyez que vous avez progressé, Monette ! Vous savez aussi que j'aurais pu vous inculper pour rétention d'information ?

— Et puis quoi, encore. Je vais manger froid et vous m'auriez passé les bracelets ? Quel manque d'à-propos. Je ne vous raccompagne pas, vous connaissez le chemin.

— Au revoir Docteur Prατividec et merci.

Il se dirigea d'un pas rapide, presque agressif, quelque deux cents mètres plus loin. Il avait entendu dire des « choses » au sujet des relations amoureuses du javeloteur qu'il trouva, seul, en pleine relaxation dans son hamac. C'était l'occasion de vérifier et d'arrêter de se ridiculiser.

Sans aucun préambule, il le fit sursauter :

— Vous étiez où, la nuit du crime de Christalline ?

Robert Le Prince le regarda avec un sourire ironique plein de sous-entendus :

— Si je vous dis la vérité, ça ne va pas vous faire plaisir, Major.

— La vérité, rien que la vérité, sinon, je vous embarque pour faux témoignage !

— OK, OK, la force, toujours la force… les menaces, toujours les menaces !

— Arrête de tourner autour du pot, tu veux.

— Nos relations s'améliorent, vous me tutoyez ! Admettez que je vous tutoie et que l'on nous entende, perte d'autorité, plus aucun pouvoir sur vos « mecs », sur les femmes, tout ce qui fait votre supériorité de Major en uniforme dont vous profitez.

— Je repose ma question pour la dernière fois. Où étais-tu la nuit du crime de Christalline ?

— Dans mon lit !

— Tout seul, quelqu'un peut témoigner ?

— Ça ne va pas vous faire plaisir, Major, je suis sûr !

— C'est toi qui as étranglé Christalline. T'as de la chance d'avoir un fil d'acier comme étendage, sinon, je t'aurais déjà coffré depuis longtemps, voyou !

— Avec qui étais-tu, cette nuit, pour la dernière fois ?

— Mais, Major, vous perdez la mémoire, vous êtes surmené… Avant d'aller faire mon jogging du côté de Kervajean, j'avais passé un long moment au lit avec la petite Josette. Elle ne vous aime plus et elle en a assez d'attendre. Vous lui promettez toujours de quitter Madame Tromeur parce qu'elle ne vous a pas donné d'enfants et… Trop tard, on s'aime et on a des projets.

— Tu as le culot de dire « la petite Josette », une grande et belle fille comme ça ! Voyou ! Des projets et quoi encore ?

— Que voulez-vous que je vous avoue d'autre. Je n'ai rien à avouer si ce n'est qu'avec Josette, on va se marier, si ma mère veut bien !

— Voyou !

Le Major sortit presque en courant. Il avait bien remarqué que Josette n'avait plus la même attirance pour lui, la même fougue mais de là à le tromper avec le javeloteur… C'était un comble !

Il mit le gyrophare et prit la direction de l'IML. La jeune femme récupérée cette nuit, il avait une hypothèse qu'il devait vérifier.

La Docteur Luce Trémuson l'accueillit aimablement en lui signifiant qu'elle s'attendait à le voir rapidement :

— La petite là, elle ne s'est pas tuée sur les rochers. On l'a balancée dans les rochers de Saint Samson après une longue et violente dispute. Coups au visage, coup fatal à la tête avec un gourdin et la blessure sur le côté, sans doute une flèche que l'on tire avec un arc. Ça pourrait être aussi une grippe de barcasse mais à ce moment-là, il y aurait une autre marque identique. Une grippe, il y a quatre pointes groupées par deux.

— J'avais l'intuition que se puisse être une flèche, j'ai envoyé mon second à Saint Renan relever les identités de tous les inscrits au Club de tir à l'arc. Marrant, non ?

À ce moment précis, le téléphone du Major sonna :

— Allo, Patron, c'est Yves à l'appareil, j'ai relevé toutes les identités, rien de bien folichon, sauf une qui m'intrigue. Un gars de Lyon, un dénommé, Philippe Chomiel, en vacances à Toulran, profession, industriel. Il s'est inscrit au Club, il y a un mois, un mois et demi et quand il vient, il vient avec une très jolie qui tire remarquablement bien…

— Si tu as quelqu'un sous la main, demande-lui à quoi il ressemble et quelle est la marque de sa voiture… J'attends…

— Le gars, il me dit que c'est pas un type du coin, qu'il se la pète et qu'on lui a déjà donné un surnom : Milord ! La voiture, une grosse BMW noire !

— En plus, j'ai oublié et je m'en excuse, il leur avait demandé de sortir un carquois de flèches pour s'entraîner dans sa grande propriété !

— Yves, ça matche, on se retrouve à Toulran. Dix minutes, un quart d'heure, tu verras, il y a un préfabriqué blanc, entouré de haies de thuyas. Rendez-vous à l'entrée du chemin, pistolet armé, gilet pare-balles, on ne sait pas à qui on a affaire !

Le Major et Yves mirent un temps record pour se rejoindre à l'entrée du chemin de Toulran et marchèrent discrètement et prudemment l'un derrière l'autre jusqu'au préfabriqué.

Philippe Chomiel, le Milord décrit et aperçu sur le parking de Saint Samson, en bas du Sémaphore, regardant dans ses jumelles, assis dans sa voiture BMW noire, était là, semblant faire une sieste au soleil dans sa chaise longue. Il se leva en apercevant les gendarmes mais avait manifestement de la difficulté à rester debout. Il fit deux ou trois pas vers eux en titubant :

— Bonjour Monsieur, dit le Major, nous cherchons la personne qui habite ici, votre épouse, votre compagne ?

— Pas la peine de tergiverser, c'est moi qui l'ai tuée. Je n'ai pas supporté qu'elle m'annonce qu'elle me quittait et qu'il fallait que je retourne à Lyon alors que j'ai tout abandonné pour elle.

Le Major lui intima l'ordre de se lever, de mettre les mains derrière le dos et lui passa les menottes.

— Comment l'avez-vous rencontrée ?

— « Douces rencontres », Messieurs, « Douces rencontres », cet instrument de torture des hommes seuls !

— Vous quitter, dit Yves, mais pour qui et pourquoi, vous venez juste d'arriver ?

— Elle me reprochait déjà mon âge et s'était amourachée de celui qui fait son footing sur la route touristique en bombant le torse ! Elle dit qu'il ressemble à un Dieu grec et qu'il va l'enlever pour les Olympes ! Alors, moi, avec mes tissus, je ne rivalise pas, je ne suis rien à côté !

— Le javeloteur cria le Major ! Oh ! le salaud. Une dernière question, Monsieur Chomiel. Pourquoi lui avez-vous tiré dessus avec une flèche ?

— Avant de l'assommer, j'ai voulu lui faire peur et la flèche est partie toute seule !

— Eh bien, suivez-nous Monsieur.

Le Major le fit monter dans le véhicule que conduisait Yves. Sur la route de retour, il téléphona au Procureur pour l'avertir que l'affaire de la « Crique des Trépassés » était élucidée avec arrestation du coupable qui avait avoué et il fit de même pour Jean-Marie, le Maire de Landunvez.

Le soir à la veillée, il prit Solange dans ses bras et le canapé fut témoin qu'il venait de se jurer de ne plus la tromper. Avait-il besoin, en supplément de toutes les affaires à élucider qui lui tombaient sur le dos, de cette double vie qui lui prenait du temps, de l'énergie et ne lui clarifiait pas les esprits ?

Quand Yves rentra, comme à son habitude, tous les matins à 8 h, dans le bureau de son Chef, pour faire le point des affaires de la nuit, il trouva Henri Tromeur abattu.

Il venait de raccrocher le téléphone et fit part à son second d'une suspicion de naufrage et de disparition en mer d'Hamon.

C'est vrai qu'au pays, il se disait qu'on ne l'avait pas vu depuis quatre à cinq jours et la SNSM venait de l'informer que lors d'une sortie en mer ils avaient retrouvé un bout d'étrave arrière sur lequel on pouvait lire « vonic ».

Il n'y avait pas besoin d'être Sherlock Holmes pour se dire qu'avec un peu de chance, on trouverait demain ou après-demain un autre morceau sur lequel il y aurait marqué « P'tit »… mais ce qui intriguait le Major, c'est que les deux frères sur leur rocher à Trémazan n'aient pas éprouvé le besoin ou ressenti le devoir de se déplacer jusqu'à la brigade.

En se rendant à Trémazan pour les interroger, Henri Tromeur pensait qu'ils étaient curieux ces deux. Soit ils vous parlaient en long et en large de trucs qu'ils n'avaient pas vus comme si le fait d'avoir été à la Direction du Port (DP) à Brest leur donnait une science de la navigation à nulle autre pareille.

En fait, en arrivant, il remarqua qu'il n'y en avait qu'un sur le rocher et lui posa la question :

— Pas là le jumeau aujourd'hui ?

— Parti en ambulance à l'hôpital des Armées, il y a trois jours.

— Grave ?

— Boh, la prostate à ce que le médecin nous a dit !

— Moi, je viens vous voir pour Hamon.

— Hamon Kerbijec ? Le Hamon à la Christalline, il est fou de chagrin depuis qu'elle a été étranglée. Moi, je ne connais pas grand-chose aux femmes mais là, ça donne pas envie d'avoir une copine ! Quel malheur !

— Et pourquoi n'êtes-vous pas venu à la brigade pour me dire qu'il n'était pas rentré ?

— J'ai travaillé à la DP à Brest mais pas à la Direction du Port de Trémazan ! Et puis, le frère n'est pas là, alors… j'ai la tête en friche !

— Vous l'avez vu partir, y a trois jours ?

— Vu, non, entendu, oui. Je me suis dit, il a bien raison de profiter de la vie avec ce grand beau temps. C'est rare à cette saison, début novembre. Ça hurlait à tue-tête à bord « et j'entends siffler le train ». Avec le vent de sud, sud-ouest, je l'ai pas entendu longtemps mais c'est vrai que quand la brume s'est mise d'un seul coup à 11 h, on a pensé à lui puis on a oublié.

— Comment vous pouvez oublier ?

— On s'est dit que c'était un bon marin, Kerbijec, qu'il avait besoin de personne pour couper son moteur et attendre que ça se lève, sauf qu'il y a des courants et que ça vous amène vite sur les rochers de Tréompan ou plus loin du côté de l'Aber Wrach, c'est vrai ! De toute façon quand il y a ce vent de terre, on n'entend rien, il a sans doute sifflé et ses fusées de détresse, ses fumigènes, ils sont partis au large !

— Mentalité de naufrageur, quoi ! Vous attendez que ça arrive à la côte.

— Faites attention à ce que vous dîtes, Tromeur. Ce n'est pas parce que vous êtes Major que je vais me laisser monter sur les pieds.

— Et moi, si je vous mets en garde à vue pour « non-assistance à personne en danger », vous ferez moins le mariole !

Et Tromeur repartit « bredouille », comme disent les chasseurs. Ces deux l'agaçaient, ils étaient d'un égoïsme féroce et ils ne disaient pas tout ce qu'ils voyaient ou entendaient sur leur rocher.

Au volant de la voiture qui le ramenait à la brigade, il ruminait et marmonnait des choses inintelligibles… Hamon ? Suicide, noyade, il aurait étranglé Christalline par jalousie, parce qu'il en avait marre de la partager… Cet ADN qui matchait à 50 %… Le fil de nylon, les étendages qui étaient surtout des fils d'acier et puis et puis et puis… Vraiment, rien n'était simple et banal en ce moment.

Au moment où il coupait le moteur, son téléphone de service sonna. Yves était sur la route touristique où il venait d'y avoir un accident. La mère du javeloteur qui marchait sur la route selon son habitude, en s'aidant de ses deux cannes pour la marche nordique, venait de se faire accrocher par une camionnette qui l'avait traînée sur 5/6 mètres dans le virage au niveau de la chapelle de Saint Samson. Selon les témoins, la camionnette avait brusquement tourné à gauche en direction de Langoz. Salement amochée, la mère du javeloteur. On attendait les pompiers.

Au téléphone, il fut désagréable avec son second qui n'y était pourtant pour rien. Il n'avait pas choisi ce poste pour être « emmerdé » comme ça ou alors, il fallait le faire passer officier et pour retrouver ses esprits et son calme, il se dit que seul un petit baiser à Solange le remettrait d'aplomb avant de repartir vers la chapelle de Saint Samson.

En arrivant, en même temps que les pompiers, il constata qu'il ne s'était pas attardé en affections auprès de son épouse mais que par contre, eux, avaient un peu tardé. Le chef de bord, sergent-chef, s'en excusa d'ailleurs au motif qu'ils étaient sur une noyade. Un corps retrouvé à l'entrée du port de Lanildut. C'était le Commandant de la navette pour Ouessant qui l'avait signalé et ils avaient été obligés de mettre le dinghy à l'eau pour aller le chercher. Ils avaient trouvé sa carte d'identité dans sa poche étanche de veste, un certain Kerbijec, Hamon Kerbijec, de Trémazan !

— Le monde est petit ! ne put se retenir de dire le Major.

Et devant l'air interloqué du sergent-chef, il ajouta :

— Il a fait du chemin, la SNSM vient de m'envoyer un message comme quoi on avait retrouvé l'autre partie de l'étrave arrière qui manquait du côté des rochers de Saint-Pabu.

— Il est parti à l'IML de Brest mais a priori, c'est une banale noyade. Ils confirmeront s'ils trouvent de l'eau dans les bronches.

— Rien n'est jamais banal dans une enquête de gendarmerie, détrompez-vous sergent-chef, faut voir et attendre les résultats des sachants avant d'affirmer. Il connaissait bien la mer, Hamon Kerbijec. C'est vrai que la brume, ça ne pardonne pas !

Et impatient et irritable, il se dirigea vers l'ambulance où Madame Le Prince, le visage tuméfié, enveloppée d'une couverture antichoc, gémissait et réclamait qu'on abrège ses douleurs.

Le médecin du SAMU refusa que le Major Tromeur commence son interrogatoire de façon à éclaircir les circonstances de l'accident, car lui glissa-t-il à l'oreille « elle est poly-fracturée, très choquée et j'espère qu'il n'y a pas d'hémorragie interne. Il vaut mieux l'amener vite fait à la Cavale. Vous l'interrogerez dans 48 heures, là-bas ! »

Le Major n'insista pas et il lança la chasse aux témoins. Il était important de retrouver la camionnette et de chercher à identifier le chauffeur. Il lança « ses Indiens sur le sentier de la guerre » comme il aimait à le dire et annonça « grand briefing à 16 h dans mon bureau ! »

Cela lui laissait le temps de faire un saut à l'IML de Brest où on lui confirma qu'Hamon s'était noyé sans qu'il y ait eu bagarre au préalable ou qu'on l'ait assommé avant de le balancer à l'eau. Sur le chemin du retour il reconstituait l'évènement, persuadé que perdu dans la brume, le « P'titvonic » s'était fracassé sur les rochers de Saint-Pabu. Hamon s'était retrouvé dans cette eau froide et il était mort par hydrocution.

Mais un marin d'expérience comme lui n'aurait pas eu le réflexe de mettre un gilet de sauvetage ? Bizarre. Il en avait marre de la vie qui ne valait plus d'être vécue depuis la mort de Christalline ? Et il aurait trouvé agréable de se laisser vaincre par la mer capable de vous engloutir doucement, lui qui naviguait depuis quarante ans et n'avait pas connu une mer, mais bien des mers qui l'avaient ballotté.

Henri Tromeur en éprouvait une tristesse certaine. Il avait d'ailleurs toujours ce même sentiment devant la mort et ne faisait pas la différence selon les circonstances de survenue.

Le corps bleu d'Hamon lui avait suggéré autant de compassion que celui de la belle Christalline retrouvée nue, étranglée, à la porte de sa caravane ou celui de la belle demoiselle de Toulran transpercée d'un coup de flèche et balancée dans les remous en dessous du Sémaphore.

Mais là, toutes ces morts, elles survenaient dans son périmètre de responsabilité et si ça continuait comme ça, un jour prochain dans le Télégramme ou Ouest-France, il y aurait un gros titre et un journaleux trouverait bien un surnom pour l'habiller !

Il avait une petite demi-heure pour se ressaisir en prenant un café. 16 h, briefing, lança-t-il au planton de garde. Tu le rappelles aux « mecs » !

Ils déboulèrent tous à l'heure dans son bureau, la mine un peu déconfite, marqués par cette succession d'évènements malheureux, cette rafale de morts !

Selon la tradition, c'est Yves qui prit la parole en premier :

— Cette concomitance entre quelqu'un qui la pousse, qu'elle ne connaît pas ou n'a pas reconnu et cette camionnette dont le visage du chauffeur ne lui est pas inconnu… après elle s'est évanouie, Madame Edith Le Prince !

— Elle a eu le temps de te dire ça, Madame Le Prince ?

— Oui, elle m'en aurait bien raconté plus long mais après, elle ne pouvait plus articuler, on ne comprenait rien.

Puis, après une inspiration profonde nécessaire à l'éclaircissement de son esprit, à l'éclaircissement de sa réflexion, le Major Tromeur annonça :

— Les gars, on abandonne la recherche des étendages de linge, sans oublier que Christalline a été étranglée par un fil de nylon mais on se concentre sur l'accident de Madame Le Prince.

— Daniel : qui peut avoir suffisamment de rancune à son égard pour vouloir la faire disparaître ?

— Tromeur : on fait deux équipes de deux. Daniel, tu viendras avec moi à La Cavale quand on pourra l'interroger et en attendant, tu essaies de retrouver la camionnette 450 BX 29 et surtout le chauffeur que Madame Le Prince croit avoir reconnu.

— Daniel : 450 BX 29 ?

— Tromeur : un promeneur intelligent a eu le réflexe de noter l'immatriculation, non, plus exactement de prendre une photo avec son téléphone. Je ne vous l'avais pas dit ? Désolé, j'ai trop de choses à penser en même temps !

Yves et Bruno, vous enquêtez pour essayer d'identifier, celui qui l'a poussée et qui est parti en courant. Ce n'est pas possible que certaines personnes venues visiter la chapelle ne l'aient pas vu !

À la mi-novembre, le samedi 15, très exactement, on avait enterré Hamon, Hamon Kerbijec de la Royale comme il aimait à le dire et comme Jean-Marie l'avait rappelé lorsqu'il avait pris la parole à l'église pour faire son éloge funèbre. Et en ce samedi de grand vent et de tempête, l'ambiance était plus que lugubre, autour de cet homme sans famille et accompagné à sa dernière demeure uniquement par ses amis de la route du Hellen qui avaient tenu à être là.

Marianne, le visage impassible, y allait de sa phrase traditionnelle :

— Il méritait quand même mieux que ça mais il ne s'en remettait pas…

Le Docteur Rhésous :

— C'était un bon gars, on pouvait compter sur lui. Il avait toujours un lieu à vous vendre !

Il n'échappa cependant pas au Major Tromeur, venu pour la mise en terre que le javeloteur était absent.

Après un petit temps d'accalmie, on était arrivé à la fin de l'année et le Major Tromeur espérait bien avoir bouclé l'affaire Christalline et ses nombreuses ramifications avant Noël.

À la Cavale Blanche, les médecins retardaient l'interrogatoire d'Edith Le Prince et on n'avait pas encore réussi à identifier les deux complices. Il aurait aimé partir quelques jours au ski avec Madame Tromeur. C'était leur luxe de partir à Chamrousse. Ils réservaient une chambre à Uriage, dans un hôtel de l'IGESA réservé aux militaires et à leurs familles mais cette année, il avait averti Solange qu'il ne s'imaginait pas quittant ses enquêtes et dévalant les pistes, l'esprit libre.

Leur escapade attendrait donc l'année prochaine et ce soir, ils étaient invités et attendus à 20 h chez Jean-Marie Quéméner pour fêter la nouvelle année.

L’année qui suivit

Comme le lui avait demandé Henri, Solange s’était faite belle. « Encore plus belle que d’habitude, si c’est possible », avait-il dit. Alors, elle avait pris rendez-vous chez le coiffeur et s’était commandé une robe chez « Noracora ».

Elle adorait faire des e-commandes pour la bonne raison qu’elles lui permettaient, à réception, de vérifier que ses mensurations ne traduisaient pas son âge et qu’elle n’avait pas été trop victime de cette période toujours difficile pour le physique des femmes.

À ses amies qui l’en félicitaient, Solange, qui se sentait toujours coupable, répondait inlassablement : « je n’ai pas su lui donner d’enfants, il ne faudrait pas qu’il ne veuille plus se promener avec moi en me donnant la main. »

Henri, lui, avait ressorti son smoking de mariage et avait agrémenté sa tenue d’un nœud papillon. Cela pouvait paraître curieux pour un gendarme quand il disait que c’était son smoking de mariage, mais il n’était pas encore rentré dans la gendarmerie quand ils s’étaient mariés sinon, bien sûr, il se serait marié en uniforme.

Il faisait glacial à Langoz’vraz lorsqu’ils descendirent de voiture. Ce vent qui n’en finissait pas de souffler du Nord-Est balayait la cour que Jean-Marie avait éclairée pour éviter à ses invités de trébucher sur un engin agricole.

Henri prit affectueusement la main de son épouse et l'enveloppa de son bras jusqu'à atteindre la porte cochère de la maison et sonna. À l'ouverture de la porte par Marie-Jeanne qui fit des compliments à Solange pour le chic de sa robe, les bonnes odeurs qui s'échappaient de la cuisine témoignaient qu'ils étaient attendus et les huit couverts dressés sur la table, que les deux derniers couples n'étaient pas encore arrivés.

Henri et Solange n'étaient pas de grands habitués des réunions mondaines mais se sentirent plus à l'aise en apprenant par Jean-Marie que le Maire de Plouvin et son épouse allaient arriver et que le Chef d'Escadron de Gendarmerie de Saint Renan et son épouse étaient également annoncés.

« Ils ne vont pas tarder, dit Jean-Marie qui les accueillit en félicitant Henri de sa ponctualité de militaire.

Et profitant du caractère encore secret de leur présence, il ne put s'empêcher d'ajouter : rien de nouveau pour la route du Hellen ? »

C'est d'un signe négatif de la tête que le Major Tromeur lui répondit au moment où le Chef d'Escadron Gabriel Toumelin faisait son entrée dans la pièce que Marie-Jeanne avait décorée avec des guirlandes lumineuses et de nombreux motifs colorés auxquels le feu de cheminée apportait son concours festif et chaleureux.

— Bonjour Tromeur, content de vous voir en dehors du service, mon vieux, Madame Tromeur ne vous a pas accompagné ?

— Mes respects, mon Commandant, mes hommages, Madame. Si, si, mais Madame Tromeur s'est laissé aspirer par les bonnes odeurs de cuisine. Une consultation souhaitée par Madame Quéméner.

Marie-Jeanne apparut alors suivie de Solange, s'excusant d'avoir tardé à venir les accueillir et les trois femmes s'embrassèrent.

Le Commandant Toumelin, toujours un peu guindé, fit le baise-main tandis que son épouse Charlotte témoignait à Marie-Jeanne sa joie de la revoir en ajoutant, avec un grand air de complicité mystérieuse :

— Ça fait longtemps, non, Portmazou ? C'est ça ?

— C'est ça, je crois, répondit Marie-Jeanne.

Henri Tromeur qui avait toujours une oreille à la traîne, fronça les sourcils et se dit que la soirée allait être parsemée de noms de code, de sous-entendus, de mystères, de non-dits et d'interrogations feintes.

À l'arrivée du Maire de Plouvin, Pierre-Henri Urvoas et de son épouse Françoise, l'ambiance était déjà à la fête et Jean-Marie qui avait posé la question « Champagne ou punch ? » avait servi à chacun des invités un verre et en fit de même pour ses derniers convives leur laissant à peine le temps de faire leurs amabilités et de suspendre leurs vêtements.

Marie-Jeanne qui avait les sens de la réception décida que les femmes se tutoieraient et que celle qui ne s'y soumettrait pas aurait un gage… faire le niveau de son verre de punch, ajoutant :

— On ne change d'année qu'une fois par an, non !

Affirmation qui trouva l'approbation rieuse de chacune d'entre elles.

Au moment de passer à table, chacun avait déjà un taux d'alcool très supérieur à celui exigé pour prendre le volant mais Jean-Marie qui voyait le regard déjà soucieux, voire réprobateur du Chef d'Escadron, s'esclaffa :

— Alcootest avant de repartir, de toute façon aux alentours de cinq heures du matin. D'ici là, on a le temps d'éliminer !

Le dîner de réveillon se déroulait dans une ambiance des plus chaleureuses et Henri qui avait craint un moment d'être l'objet de tous les regards et des interrogations en raison de la route du Hellen, n'avait encore eu aucune réponse à formuler.

Il surveillait sa boisson, lançait des regards amoureux à Solange qui était en face de lui, tout en entretenant une conversation plutôt mondaine avec Françoise, l'épouse du Maire de Plouvin. Les effets de la boisson aidant, tout le monde réclamait qu'on le ou la tutoie mais Henri et Solange qui ne craignaient pas qu'on les tutoie, avaient bien du mal, en retour, à satisfaire cette proposition.

On approchait de minuit et tout le monde surveillait sa montre. Marie-Jeanne servait les desserts quand tout à coup, on entendit un coq chanté.

Jean-Marie qui connaissait la légende, vingt fois racontée par son oncle Biel, chercha la parade :

— Tiens, c'est Coco qui nous souhaite la bonne année. Mon père disait toujours qu'il était plus intelligent qu'un « Jazz », la marque de réveil d'après-guerre !

Tout le monde se mit à rire mais Toumelin, se tournant vers Tromeur, eut alors la bêtise de dire :

— Ça, c'est l'Ankou, il n'a pas pu se manifester à Noël, alors le voilà pour le Premier de l'an. Ça, ce n'est pas bon pour vous Tromeur !

— De quoi, de quoi, qu'est-ce que j'ai à voir avec le coq du Maire de Landun', moi ?

— Vous, sans doute pas grand-chose, mais je n'ai pas entendu dire que dans votre affaire de la route du Hellen, vous n'aviez pas encore pu interroger Madame Edith Le Prince parce qu'elle était dans un état des plus préoccupants, en urgence absolue comme ils disent à l'hôpital pour nous empêcher de mener à bien nos investigations ?

— Exact, mon Commandant, mais je ne vois toujours pas !

— Vous êtes d'où ? Tromeur ?

— Lampaul-Ploudalmézeau.

— Ce n'est pas très loin de La Roche Maurice !

— Et alors ? Qu'est-ce que Madame Le Prince a à voir avec La Roche Maurice ?

— Je vois, pas très au courant des légendes ! Excusez-moi, ma chère Marie-Jeanne, j'ai failli nous faire louper 0 h !

« Bonne année à tous et merci d'être venus fêter ça avec nous ! » dit alors Jean-Marie et les hommes firent le tour de la table pour embrasser les dames après s'être donné une cordiale poignée de main.

Au moment où Henri embrassait Solange, il lui murmura à l'oreille « et au diable l'Ankou ! »

Charlotte crut bon de prendre la parole :

— Excusez, mon mari, Major, il est incapable de s'éloigner de son travail et de ses responsabilités même le soir du 1er de l'An. Moi qui ne suis pas de la région, je dis haut et fort « Au diable l'Ankou ! » et j'ajoute, « Gabriel, tu es moyenâgeux, il faut te moderniser, d'ailleurs tes filles n'arrêtent pas de te le dire ».

— Mon Dieu, Charlotte, ne blasphème pas, tu vas nous porter malheur !

Et à l'invitation de Marie-Jeannne, ils se mirent à danser.

En rentrant aux alentours de cinq heures et demie du matin, Henri dit à Solange qu'il l'emmenait se dégriser route du Hellen avant de rejoindre la brigade. Ils garèrent la voiture place Sainte Haude et main dans la main, ils marchèrent jusqu'à la Fontaine.

Il faisait très froid et Henri ressentait cette ambiance de mystère, de nuit singulière qui émanait de la route du Hellen.

Le javeloteur semblait ne pas avoir fêté la nouvelle année dans « sa crèche à cochons réhabilitée », aucune lumière n'était allumée. L'avait-il fait chez ses parents à Melon ? Cela paraissait peu vraisemblable puisque sa mère était toujours hospitalisée.

Peut-être dormait-il paisiblement aux côtés de Josette après des ébats amoureux auxquels Henri ne souhaitait plus penser. Instinctivement, il serra la main de Solange :

— Tu as froid ? lui dit-elle.

— Non, pas plus que ça, mais il y a une phrase qui me trotte dans la tête ; une phrase que Rago m'a dit avoir entendue, un soir où il promenait son chien.

À l'angle de Kerbriec Vian, ils mirent les pieds dans une grosse flaque d'eau car l'ampoule du lampadaire était grillée comme à son habitude.

En passant devant « Ker an Guen », les chiens du Docteur Prатividec se mirent à aboyer. Au moment de sa mort, il avait dit à Monette qu'il aimerait bien qu'elle garde ses « clebs » car Valentin, l'épagneul qui l'accompagnait à la chasse avait été vraiment un fidèle serviteur.

Le nettoyage du chenil et la distribution de la nourriture rythmaient sa vie et lorsque son mal de dos la faisait trop souffrir, elle appelait Philomène au secours.

Les aboiements des chiens avaient été des motifs fréquents d'engueulade avec le pharmacien de marine à la retraite mais Robert Le Prince, lui, n'avait jamais fait aucune remarque.

En passant devant Ker an Guen, Henri eut une pensée pour Monette qui bien seule n'avait pas dû faire réveillon.

Une belette traversa la route et surpris, ils s'arrêtèrent brusquement. Henri eut alors le réflexe de dire :

— Tu vois, d'où je suis, j'entends le Chef d'Escadron Gabriel Toumelin me dire sur un ton paternaliste respectueux de la hiérarchie : « Vous voyez, Tromeur, une belette, ce n'est pas bon signe pour votre enquête ! »

— Pourquoi prolonges-tu cette ambiance de légendes celtes, de croyances ancestrales, de dictons qui peuplaient les réunions de nos grands-parents, le soir à la veillée, devant un bon feu ?

— Allons jusqu'à la Fontaine Sainte Haude, des fois qu'elle m'aiderait à résoudre l'énigme de la moitié d'ADN qui matche avec le javeloteur.

— En passant devant la caravane de Christalline, ils détournèrent la tête et projetèrent leur regard sur les volets de Marianne qui étaient fermés.

À la Fontaine Sainte Haude, ils tombèrent nez à nez avec un renard et sa femelle qui étaient venus se désaltérer.

— Curieux, par ce froid qu'ils éprouvent le besoin de boire. Ils ont dû faire le réveillon dans un poulailler !

Et en lui donnant un gros baiser affectueux sur la joue, Solange lui répondit :

— Je me demande bien qui, à part les renards, a pu faire réveillon, route du Hellen ? On rentre, j'ai besoin que tu me réchauffes ! Tu mèneras ton enquête renards demain !

Solange et Henri s'endormirent dans les bras l'un de l'autre, convaincus après cette soirée de légendes bien arrosée que l'année qui commençait serait l'année de la réussite promotionnelle du Major Henri Tromeur !

Le téléphone sonna une demi-heure plus tard. Le service de réanimation de la Cavale blanche annonçait que Madame Edith Le Prince venait de sortir du coma et que si ça évoluait dans le bon sens, le Major serait autorisé à l'interroger dans quelques jours.

Très embrumée, Solange eut le temps de dire avant de s'enfouir la tête sous son oreiller :

— Au diable l'Ankou !

L’enquête se poursuit

Les jours de la première semaine de janvier furent des jours très négatifs pour l’enquête. On ne retrouvait pas la camionnette et la Cavale n’en finissait pas de donner son feu vert.

Le seul évènement positif fut le pot avec ses « mecs » pour fêter la nouvelle année :

« Alors les gars, je vous souhaite beaucoup de bonheur familial et professionnel pour cette nouvelle année et que l’on mette un terme à la Route du Hellen, avec un grand R et un grand H. Allez, les “mecs”, à votre santé ! »

« À votre santé, Major et à celle de Madame ! » répondirent-ils en cœur.

Le Major Tromeur était aimé de ses hommes avec lesquels il ne jouait pas le gradé. En toute circonstance, il demeurait le Patron mais un Patron qui était toujours présent avec eux sur le terrain et toujours là pour les défendre quand ils faisaient des « conneries » et malheureusement, ça arrivait.

En ce début d’année malgré les conditions météorologiques peu favorables, il invitait tous les soirs Solange à refaire la promenade qu’ils avaient faite dans la nuit du 1er de l’an avec toujours le même argument qui tenait aussi de la légende judiciaire : « l’auteur revient toujours sur le lieu de son crime ! ». C’est ce que ses instructeurs disaient à l’École de gendarmerie de Châteaulin. Il était persuadé qu’un jour ils le croiseraient prostré en pleurs devant la porte de la caravane ou en train de faire repentance à la Fontaine Sainte Haude.

Ils marchaient main dans la main et s'arrêtaient successivement selon ce qui au fil du temps devenait un rite, devant la maison de l'ancien pharmacien de marine, la crèche à cochons du javeloteur, Ker an Guen où Monette entretenait une ambiance de mystère comme si elle savait tout mais ne voulait rien dire puis terminaient en vérifiant que les scellés de la caravane n'avaient pas été brisés et à la Fontaine Sainte Haude, imploraient l'aide de celle-ci !

Ils rentraient finalement frigorifiés et accablés, espérant que demain serait un jour meilleur.

Et ce le fut, en ce mardi, où Yves déboula à huit heures dans le bureau du Major. La gendarmerie de Guingamp venait d'appeler. Le tube Citroën venait d'être retrouvé en pleine campagne du côté de l'hippodrome, à moitié calciné. Manifestement des amateurs, avait ajouté le collègue. On a relevé les empreintes sur le volant et les poignées de porte et on attend les résultats du Laboratoire.

S'il ne s'était pas retenu, Henri aurait embrassé Yves car le téléscripteur venait à l'instant même de crépiter. La Cavale Blanche donnait son feu vert pour l'interrogatoire d'Edith Le Prince.

Yves, on s'organise, dit Henri Tromeur :

— Moi, je vais à l'hôpital avec Daniel cuisiner Edith. Ça sera long et pas facile car c'est une mère hyper protectrice.

— Toi tu restes ici et tu me transmets tout ce que te rapportent les « mecs » ou qu'on te téléphone.

Et il bondit dans sa voiture suivi au pas de course par Daniel.

À la Cavale, pour pénétrer dans le Service de réanimation, ils furent obligés de mettre des sur chaussures et une charlotte. Cet accoutrement les minimisait, les ridiculisait et fit perdre à Henri tout son enthousiasme jusqu'à dire à Daniel :

— Si tu voyais à quoi tu ressembles !

— Major, vous, je trouve que ça vous va bien, que ça vous rajeunit. Pourtant ce n'est pas carnaval !

Ils partirent dans un grand éclat de rire qui s'arrêta net en voyant Edith Le Prince. Désastre. On aurait dit qu'elle sortait d'un combat de boxe ou que l'on était en Égypte. Elle avait le visage entouré de bandes et après lui avoir dit bonjour, ils comprirent que l'interrogatoire serait long car elle avait beaucoup de mal à s'exprimer. Le médecin leur précisa qu'étant donné son état de fatigue et sa fracture de la mâchoire, il convenait que l'entretien ne dure pas plus de dix minutes.

Les gendarmes prirent une chaise visiteur et comme deux gentils garçons au chevet de leur maman commencèrent l'interrogatoire. Le formulaire Cerfa devait être rempli selon la procédure et la première question fut :

— Votre nom de jeune fille ?

Edith mit plusieurs minutes pour retrouver ce qui ne manqua pas de les impressionner et puis tout à coup s'esclaffa :

— Édith Le Dru, c'est ça, c'est ça, Édith Le Dru, épouse Le Prince !

— Vous vous souvenez des circonstances de votre accident ?

— Ma foi, pas très bien.

— Fournissez un effort, Madame Le Prince !

— Ce qui est sûr, c'est qu'il faisait beau et que je marchais avec mes cannes. Je fais ça quasiment tous les jours, mon fils peut vous le confirmer. On se rencontre quelques fois quand il fait son footing de sportif de haut niveau. Il lance le…

Madame Le Prince s'arrêta brusquement comme si ça mâchoire s'était bloquée. Daniel sortit en courant pour appeler une infirmière qui, très hargneuse, rentra dans la chambre :

— Qu'est-ce que vous voulez qu'elle ait fait, cette pauvre femme ? Ça ne doit pas être elle la coupable ou alors, je n'ai plus aucun sens clinique ! Le médecin vous l'a dit, dix minutes, voilà, c'est fini pour aujourd'hui. Vous êtes contents, elle ne peut plus parler. Elle a bloqué sa mâchoire. Ce n'est pas malin, elle est opérée demain matin à 8 h. Ça ne veut pas dire que vous pouvez revenir à 8 h 10 ! Vous revenez dans trois jours, pas avant, vous êtes de vrais bourreaux !

— Attention, n'en rajoutez pas trop quand même. On pourrait se vexer si vous voyez ce que je veux dire, dit le Major.

Très contrariés par ce contretemps prévisible, les deux gendarmes repartirent presque penauds, maugréant contre cette infirmière qui les avait traités de bourreaux, eux dont la mission première était d'établir la vérité. Ce n'était tout de même pas de leur faute si la mâchoire d'Edith Le Prince s'était bloquée.

Ils montèrent dans la voiture, claquèrent les portes vigoureusement et au moment où Daniel démarrait la voiture, le téléphone du Major sonna :

— Oui, Yves, je t'écoute.

— Vous avez mis votre ceinture Patron ?

— Oui, pourquoi ?

— Je viens d'avoir les résultats des ADN du volant du Tube Citroën, tenez-vous bien !

— Accouche, on n'est pas à la Télé.

— Robert Le Prince !

— Quoi ? J'espère que tu l'as écrit en deux mots ! Oh le petit salaud de javeloteur !

— J'allais oublier de vous dire et pourtant c'est super important, la médecin légiste, la Docteur Luce Trémuson m'a dit de vous informer qu'elle avait regardé dans ses bouquins et pris avis auprès de ses confrères, la moitié de l'ADN qui matche dans la caravane, c'est très rare mais ça peut se produire, Edith Le Prince, la mère.

— Quoi ? mais tu nous écris un roman policier, là. La route du Hellen, c'est l'affaire du siècle mais aussi une affaire de famille, rendez-vous à la brigade, on arrive.

— J'y suis, je vous attends.

— Mets le gyro, ça presse, dit le Major à Daniel.

Tous les éléments de la brigade attendaient avec impatience l'autorisation de l'hôpital qui arriva cinq jours plus tard.

Bien que l'on commence à y voir beaucoup plus clair, Henri emmenait tous les soirs Solange faire une marche qu'il qualifiait maintenant de « digestive », route du Hellen. Cette marche ne revêtait plus le caractère enquête et le Major se laissait aller à plus de romantisme… Il embrassait Solange, cachée par les arbres de la Fontaine Sainte Haude après l'avoir longuement caressée, fredonnait quelques paroles de la chanson de Richard Anthony.

On était début mars et ce soir, la brume s'était mise à la tombée de la nuit. La corne, qui prévenait les bateaux du danger que représentaient les rochers, s'en donnait à cœur joie. Henri serrait Solange contre lui. À part l'enquête, il n'avait pas de projet immédiat, avait retrouvé sa gaieté habituelle et cherchait à faire preuve d'érudition :

— Route du Hellen ! Hellen, en breton, je ne sais pas, mais en allemand « enfer », au moins « hell ». Pourquoi enfer ? L'enfer vécu par Haude qui se voit injustement privée de sa tête et qui la porte à la fontaine pour se purifier !

— Toi, Monsieur Tromeur, je sens que tu n'es pas loin du dénouement de ton enquête, tu es à nouveau tout guilleret et plein d'idées pour dénouer cet imbroglio !

Ils étaient sur le chemin du retour vers la Place Sainte Haude et Henri avait du mal à résister à faire quelques confidences à son épouse :

— Encore quelques jours et je pourrai tout te dire. Pour l'instant, on rentre dormir.

En passant le poste de garde, le planton prévint le Major que l'hôpital avait appelé. Edith Le Prince avait été opérée avec succès et avait retrouvé une parole intelligible. Ils avaient l'autorisation pour venir l'interroger mais pas avant 10 h demain matin.

— Mets une consigne à Daniel, répondit-il.

L'interrogatoire à l'hôpital ressembla presque à une pièce de théâtre dont les trois acteurs, Édith, Henri et Daniel connaissaient fort bien le texte.

En arrivant, ils eurent la satisfaction de constater que l'infirmière qui ne les aimait pas était de « récup ». Au vestiaire, ils n'eurent besoin de personne pour les sur chaussures et les charlottes et lorsqu'ils toquèrent à la chambre 29, ils découvrirent une patiente ressuscitée, pomponnée et maquillée. Elle ne rencontrait plus aucune difficulté d'élocution et redressée dans son lit, adossée à deux oreillers, fit comprendre à ses visiteurs qu'elle était décidée à mener l'interrogatoire.

Le major Tromeur y mit tout de suite le holà, et un dialogue « au chat et à la souris » se mit en place :

— Madame Le Prince, votre fils Robert avait-il des raisons valables de vous en vouloir ?

— Qu'entendez-vous par raisons valables, Major ?

Notre fils unique, nous lui avons donné avec mon mari une bonne éducation, il a fait de solides études sports/études au

CREPS de Dinan et maintenant, il est autonome, plus à notre charge, ce qui, bien sûr, ne veut pas dire que l'on ne soucie pas de lui.

— Ses voisins du quartier du Hellen disent qu'un soir, ils ont entendu une dispute en passant le long de sa crèche à cochons.

— Avec un sourire enjôleur que sa blessure masquait à peine : Crèche à cochons, crèche à cochons, un joli studio bien agencé que nous lui louons. C'est notre fils unique, qu'est-ce que vous voulez !

— Une voix qui pourrait être la vôtre, selon nos investigations phonographiques hurlait, je dis bien hurlait : « tu ne vas pas me faire ça, maintenant que tu es revenu, moi qui t'aime tant » !

— Bien, oui, vos méthodes sont bonnes, c'était moi ! Vous me fichez la paix après, si je vous dis pourquoi on se disputait ?

— Si c'est la vérité, oui !

— Il m'avait demandé de passer parce qu'il avait quelque chose d'important à me dire… Vous savez quoi ?

— Forcément non, puisque je vous demande de me le dire !

— Pour me dire qu'avec Josette, la mignonne caissière du Lidl, il voulait se marier et partir faire sa vie au Canada et il a ajouté, moi, ma mission sur terre, c'est de sortir les gens du pétrin !

— Pas possible, vous mentez, Madame Édith, un autre témoignage me laisse entendre qu'à l'époque, ils n'étaient pas amants.

— Quoi ? d'après vous, mon fils m'aurait menti et pour quelle raison Major ?

Henri Tromeur était livide. Il suait à grosses gouttes dans son uniforme, les odeurs de médicaments et d'éther l'indisposaient, ce que racontait Édith le ramenait à ses fredaines, à ces moments de jouissance où il se prouvait qu'il était encore jeune et séduisant, à cette époque de sa vie que ses adjoints connaissaient bien mais qu'il n'entendait partager avec personne, à part lui.

Comment allait-il pouvoir se débarrasser des tentacules de Madame Édith ?

« Prends le relais, Daniel », dit-il à son adjoint, je sors quelques minutes dans le couloir.

Après s'être éclairci la gorge et pas très sûr de lui, Daniel reprit l'interrogatoire.

— Vous mentez, madame Le Prince, ça ne jouera pas en votre faveur devant les juges si vous êtes coupable de la mort de Christalline.

— Mais je ne suis pas coupable de la mort de cette pauvre petite !

— Celui qui vous a poussée sous les roues du tube Citroën, vous pouvez nous donner son nom à défaut de nous dire la vérité sur les raisons de votre engueulade avec votre fils.

— Je pense que ce pourrait être le Seph. Il est parti en courant mais il y en a peut-être pas beaucoup qui court aussi mal et lourdement que lui. On dirait un cavalier qui descend de son cheval avec un mal de dos pas possible. Sans vous prodiguer de conseil, vérifiez quand même car je ne vois pas bien les raisons qui pouvaient le motiver.

Henri Tromeur toqua à la porte. Il avait quitté sa vareuse, dégrafé la cravate. Il était bien décidé à faire avouer Édith Le Prince.

— Madame Le Prince en deux mots, née Le Dru, également en deux mots, revenons sur votre engueulade avec votre fils, entendue par tout le monde, route du Hellen… Que vous a-t-il dit, que lui avez-vous dit ?

Un an après au 15 août

Les enfants étaient assis dans l'herbe, en cercle et attendaient avec impatience la prestation traditionnelle de Jean-Marie qui, cette année, avait à cœur de dissiper ce relent troublant des crimes successifs qui s'étaient produits sur la commune.

Marie-Jeanne savait aussi qu'il avait en tête sa réélection qui se profilait et il lui confia qu'il avait décidé de séduire son auditoire de tous âges, partiellement acquis quand même, en imaginant un conte qu'il avait écrit et qui, il espérait, plairait aux petits comme aux grands.

C'était au Moyen Âge du temps de Charlemagne, roi des Francs, celui qui a inventé l'école et où vous allez tous les jours avec plaisir ! Hein, avec plaisir, je ne me trompe pas ?

Les enfants riaient et piaffaient de connaître la suite :

Le Prince du Château, un homme assez grand et costaud à qui il manquait un œil parce qu'il avait reçu une flèche en combattant des ennemis de la Bretagne, s'ennuyait, il n'y avait plus de guerre et sa femme était morte d'une terrible maladie. Il y avait bien une « carabassen » du prénom de Maria qui venait tous les jours mais elle n'était pas jolie et ne sentait pas bon !

Alors qu'il était en déplacement sur ses terres dans les Côtes-d'Armor du côté du Méné Bré, parti voir si les récoltes avaient été bonnes, il aperçut une caravane tractée par un bel alesan et aussi intrigué par le cheval que par la cavalière, il s'approcha :

— Qui es-tu, jolie demoiselle, demanda-t-il ?

— Juste une fille de fermiers qui travaillent sur vos terres, notre Maître. Je fais ce que je peux pour survivre car ils ne peuvent plus me nourrir ! Vous voyez, je livre des légumes, de temps en temps on m'embauche pour faire la lessive au lavoir ou je fais la propreté des maisons et aussi un peu de jardinage.

— Tu as un bien joli cheval qui a l'air de bien t'aimer et de bien t'obéir ?

— C'est ma seule richesse avec ma caravane.

— Alors le Prince du Château la regarda avec admiration et lui dit, comment t'appelles-tu ?

— Soizic, comme toutes les filles du pays, mes parents n'ont rien trouvé d'autre pour l'aînée de leurs sept enfants.

— Tu n'es pas comme toutes les filles du pays, Soizic et tu es ma foi bien belle sous ta Quichnot.

— Vous êtes très flatteur Monsieur le Prince et vous m'en faites rougir de plaisir !

— Tant mieux, tant mieux... Écoute, je te propose de me rejoindre dans mon château à Trémazan, un petit village en face de l'île d'Ouessant. Compte une bonne dizaine d'heures de route avec ton cheval et n'oublie pas de le faire se reposer de temps en temps. Je te donnerai un emploi au château.

C'est ainsi que Soizic débarqua à la nuit à Pen ar Pavé après être partie du Méné Bré avant le lever du jour. Elle avait de nombreuses fois demandé sa route et à cause de coquins qui l'avaient induite en erreur, elle s'était mise en retard et en avait même pleuré. Elle n'avait mangé que les pommes de terre qu'elle s'était fait cuire avant de partir et avait une faim de loup.

Le Château majestueux était devant elle et d'où elle avait attaché son cheval, elle voyait la tour carrée. Elle prit son alsan par la bride et osa toquer trois fois à la porte après avoir franchi le pont sur les douves.

Le Prince lui ouvrit la porte. Il était grand, gros et laid avec son bandeau sur l'œil. Elle n'avait pas remarqué qu'il lui manquait des dents. Il osa la prendre dans ses bras pour l'embrasser et elle eut beaucoup de mal à se dégager de son étreinte. Soizic comprit alors qu'elle s'était trompée de bienfaiteur, partit en courant et après avoir erré, elle décida de passer la nuit dans sa caravane du côté de la Fontaine Sainte Haude, au calme au bout de la route du Hellen. Elle mit son cheval dans un pré voisin et s'endormit le ventre creux.

Le lendemain, elle fut réveillée par une odeur de café que Philomène, sa voisine la plus proche, lui apportait avec des tartines beurrées. Elles firent connaissance et au fil des jours, Philomène la prit en affection.

Marianne, qui était présente et s'était reconnue dans Philomène, semblait tout émoustillée d'entendre parler d'elle sous un faux prénom.

Soizic trouvait du travail par-ci par-là et fit la connaissance de deux jeunes hommes de son âge, très prévenants à son égard. Non, l'un qui était marin était bien plus vieux qu'elle. Il était très gentil, bégayait beaucoup et était un peu ballot. L'autre ressemblait à un Dieu grec, à un Prince de l'Olympe. Il était beau, musclé, parlait bien. Tous les deux lui promettaient monts et merveilles et d'accéder à tous ses désirs…

Le sort lui évita d'avoir à faire un choix. Le marin périt en mer un jour de brume et avec le Prince de l'Olympe, ils firent alors des projets sérieux de mariage et d'installation, loin des turpitudes du monde, sur une île lointaine, Molène. Il se disait que le climat y était beaucoup plus doux qu'ici sur la côte et que les habitants avaient presque un accent du Midi.

Soizic vivait dans un rêve. Elle s'imaginait dans sa belle robe blanche de mariée, descendant au bras de son mari les marches de l'église sous des nuages de pétales de roses et de grains de riz lancés par des amis venus leur souhaiter beaucoup de bonheur.

Mais son futur mari avait une mère très possessive et son drame était d'être fils unique.

Il était toujours surveillé et après avoir révélé à sa mère qu'il avait le projet d'épouser Soizic, de l'enlever de sa caravane où elle vivait pauvrement, de lui éviter de faire le ménage chez les autres ou d'aller au lavoir se casser le dos, celle-ci rentra dans une colère folle et l'on retrouva Soizic gisant à l'arrière de sa caravane, étranglée par un bas de nylon.

Qui avait pu faire ça, route du Hellen, dans ce coin tranquille où l'on entendait les grenouilles de Toulran, l'été ?

À cette époque, il n'y avait pas de gendarmes, mais des prévôts qui se saisirent de l'affaire.

Les enfants s'agitaient, s'impatientaient et posaient des questions à Jean-Marie :

— Ça veut dire quoi, prévenants, ça veut dire qu'ils voulaient lui faire des bisous ?

— Pas forcément, peut-être, en tout cas, ils étaient très polis avec elle.

— Les gendarmes de l'époque, ils avaient des moustaches ?

— Oui, des moustaches à la retourne qui les aidaient à réfléchir !

L'affaire se compliqua quand la mère possessive fut retrouvée dans les rochers de Saint Samson. Elle était tuméfiée de partout et bien qu'elle ait nié longtemps, elle finit par avouer que c'était son fils qui l'avait balancée après l'avoir rouée de coups.

Mais pourquoi avez-vous fait ça alors que vous aviez tout pour être heureuse, proche de votre fils, lui demanda le Prévôt Chef qui menait l'enquête. Elle répondit en larmes :

Je ne supporte pas que mon fils, mon fils unique appartienne à quelqu'un d'autre que moi. Alors, ce quelqu'un d'autre, cette Soizic qui voulait me le prendre, cette gourgandine, je l'ai étranglée et lui, tellement malheureux de la disparition de sa bien-aimée a fomenté le projet macabre de me supprimer. Mais il n'a pas réussi ! Il n'a pas réussi ! Il m'a roulé dessus avec la caravane de cette fille alors que je marchais sur le chemin qui va du Quélérec à Ty Pri. Après ce qu'il a fait, je ne peux pas dire… En tout cas, je suis encore là et je pourrai continuer à veiller sur lui !

La mère et le fils furent jetés en prison à Brest pour de nombreux mois.

— Monsieur le Maire, demanda quelqu'un, est ce que c'est la conclusion de l'enquête du Major Tromeur ?

— Écoutez, en tant que Chef du Village, Jean-Marie aimait beaucoup cette expression un peu indienne, j'ai préféré vous transmettre les conclusions de l'enquête, de cette façon. À quelques détails près, c'est la vérité, très légèrement travestie car je me dois de respecter le secret des conclusions transmises au Juge en première intention.

À l'évocation de son nom, le Major ressentit une certaine fierté et Solange le regarda avec admiration.

Jean-Marie poursuivit :

— C'était d'à-propos, non, après ces jours difficiles que nous avons traversés où la médisance a succédé à la jalousie pour se terminer dans la honte… La honte sûrement, la honte d'un crime particulièrement sauvage, vous me direz, comme tous les crimes, à laquelle notre Commune n'était pas préparée et en face de laquelle une seule attitude est requise, le silence !

Je vous ai révélé ces éléments de la conclusion de l'enquête avec l'autorisation du Major Tromeur que je félicite pour la rapidité avec laquelle, lui et ses « mecs » ont mené l'éclaircissement de cette affaire très complexe.

Rien n'est jamais sûr lorsque l'on fait des promesses et c'est pour ça que je n'en fais pas, mais je vais essayer de peser de tout mon poids de premier magistrat de la Commune pour que sa compétence soit enfin récompensée.

Voilà, maintenant, je vous invite à boire un verre et à danser en espérant que mon téléphone ne va pas sonner comme l'année dernière à pareille époque !

Pour ouvrir ce bal du 15 août, Jean-Marie invita Solange et le Major Henri Tromeur, héros de la soirée, fit de même avec Marie-Jeanne.

Imprimé en France
Achevé d'imprimer en août 2024
Dépôt légal : mars 2024

Pour

Le Lys Bleu Éditions
40, rue du Louvre
75001 Paris